Nobel

Jacques Fux

Nobel

1ª edição

Rio de Janeiro, 2018

CIP-BRASIL. CATALOGAÇÃO NA PUBLICAÇÃO
SINDICATO NACIONAL DOS EDITORES DE LIVROS, RJ

F996n Fux, Jacques
Nobel / Jacques Fux. – 1ª ed. – Rio de Janeiro: José Olympio, 2018.

ISBN 978-85-03-01342-0

1. Romance brasileiro. I. Título.

17-46226
CDD: 869.3
CDU: 821.134.3(81)-3

Copyright © Jacques Fux, 2018

Design e ilustração de capa: Frede Tizzot

Este livro foi revisado segundo o novo
Acordo Ortográfico da Língua Portuguesa.

Todos os direitos reservados. Proibida a reprodução, armazenamento
ou transmissão de partes deste livro, através de quaisquer meios,
sem prévia autorização por escrito.

Reservam-se os direitos desta edição à
EDITORA JOSÉ OLYMPIO LTDA.
Rua Argentina, 171 – 3º andar – São Cristóvão – 20921-380 –
Rio de Janeiro, RJ – Tel.: (21) 2585-2000

Seja um leitor preferencial Record.
Cadastre-se no site www.record.com.br e receba
informações sobre nossos lançamentos e promoções.

ISBN 978-85-03-01342-0

Impresso no Brasil
2018

Inventas vitam juvat excoluisse per artes.

Aos inventores das artes graciosas que a vida embelezam.

(Trecho da *Eneida*, de Virgílio, inscrito
na medalha do Nobel de Literatura)

NOBEL DE LITERATURA

Jacques Fux

 Por ter performado, falsificado e duplicado a narrativa dos escritores canônicos, transformando-a em sua perturbada obra.

Eminentes senhores da Academia,

Após anos de escolhas polêmicas, algumas vezes equivocadas e até vergonhosas, finalmente os nobres cavalheiros se redimiram e tomaram uma decisão acertada. Caríssimos, o vosso dever foi cumprido. Parabéns. Eu, sem dúvida alguma, sou merecedor incontestável desta premiação.

Sim, desde muito jovem devoto a minha existência à literatura. Não exatamente à leitura e aos estudos dos clássicos, o que é muito banal e nada inédito, mas à transfiguração desse meu *eu*, real e biográfico, em um *eu* ficcional e ventríloquo da memória e da obra dos outros. Em prol deste sublime momento, ilustres colegas, eu me dediquei a metamorfosear e a introjetar a vida e a experiência dos escritores que estiveram antes de mim neste púlpito. Eu sou todos eles. Sou, inquestionavelmente, "a obra de excelência numa direção ideal", como bem vos instruiu Alfred Nobel em seu testamento, com a intenção de agraciar os heróis-vencedores deste Prêmio.

O propósito desta láurea é reverenciar aqueles que, a partir da arte, dignificaram e ampliaram a concepção da vida. Que vislumbraram algo de divino e de supremo nessa sórdida devassidão humana. Que coibiram os próprios interesses comezinhos para alcançar um outro patamar na pesquisa e na exploração da linguagem literária. Eu represento essa utopia. Sou o vosso protagonista. E sou também a vossa voz. Assim, com imensa alegria e orgulho, mas convicto de que a minha escolha foi correta, aceito humildemente esta honraria. Muitíssimo obrigado.

Acredito que muitos estejam incomodados com o início do meu discurso. Arrogante? Presunçoso? Falsário? Será que os senhores já estarão pensando em uma maneira de retirarem a minha condecoração? Afinal, desde 1901, que os laureados sobem aqui e dissimulam modéstia, surpresa e gratidão diante do Prêmio. Mas, sejamos honestos, não há mais tempo para sofismas: todo escritor é um amálgama de Narciso e Dorian Gray. Todo escritor é pedante, insolente, arrogante, vaidoso. Essa é sua essência. E, mesmo que ela seja velada, não há como escondê-la. Permitam-me, portanto, expor, escancarar e assolar o lado obtuso, clandestino, furtivo e maldito — mas essencial para a criação — da nossa casta de escritores.

Se a função da arte é desvelar a alma, as vicissitudes e a experiência humana, eu vos ofereço o seu âmago. Todos, todos que algum dia escreveram um livro sonharam com este instante de glória. Todos — até os que negaram — sentiram que foram reconhecidos e condecorados de forma merecida, ou criminosamente obliterados e perseguidos. Não há dúvida de que qualquer escritor, inclusive os de internet, tem certeza de possuir um dom extraordinário e sagrado.

Reza a tradição honrar e homenagear os que aqui estiveram. Aclamá-los como mestres, ídolos, fontes de inspiração e reverência. Colocá-los num patamar sacralizado e quase inatingível. No Hall da Fama e da Glória. Olímpicos. Mas concedam-me outra digressão. É no desvio, nos atos indecorosos, nos recalques obscenos, sórdidos, sorrateiros que repousa o verdadeiro autor e as suas mais sensíveis e honestas palavras.

Em meu discurso, farei questão de enaltecer os atos e os textos infames. Tudo que foi e é clandestino e vergonhoso. A infâmia, amigos, é um efeito com valor de sentido. É uma exaltação. Uma necessidade de dar atenção especial ao que não foi inventariado, mas ao que pode ser inferido, resgatado e recriado nas falhas, nas calúnias, nos esquecimentos. Àquilo que nem a própria ficção alcança.

"Eminentes senhores da Academia", meus caros, foi usado por Franz Kafka — um dos grandes esquecidos aqui — em seu acalorado discurso de ex-símio. Irônico, sarcástico, renegado, maldito, deicida, Kafka nos brinda com o desnorteio. Com o absurdo das palavras, com a originalidade do simples, com a atemporalidade da barbárie cotidiana. Ele é, foi e será sempre único. Narrador bíblico. Místico. Mítico. Precursor dos escritores que o seguiram, que o perseguiram, e também dos que o antecederam. E ele, senhores, indignem-se ou não, nessa sua célebre conferência, nos chamou de macacos. Ele nos insultou e nos acusou de sermos seres irracionais, ilógicos, perversos. Ele nos imputou a capacidade de brincar com nossas próprias fezes, *gentlemen*! Que bela infâmia. Mas será que ele teria tido coragem de proferir tal discurso neste auditório? Teria tido colhões simiescos para nos afrontar *in loco* — nós, nobres e pomposos detentores do saber? Ou será que se refugiou nos braços da ficção? Do absurdo? Do extraordinário? Suspeito de que não teria tido coragem, se agraciado fosse. Porém achei fundamental começar o meu discurso da mesma forma que ele. Entendam como quiserem.

Eu sempre me espanto com Kafka. A sua capacidade e inspiração para escrever tamanhas obras. Sinto sadismo ao tentar descobrir o que aterrorizava o seu ser e seu espírito. Desvendar seus monstros. Suas ficções curtas — desconcertantes e intensas —, suas ficções longas — inacabadas e perturbadoras — vieram, meu Diabo, de onde? Da vidinha banal como funcionário de uma companhia de seguros, ou dos mais íntimos e secretos tormentos, arroubos e indiscrições?

Conjecturo leviandades em busca de perdão.

Não me deterei nos livros, nos estudos e nos tratados acadêmicos. Todos já estão enfadados disso. Delicio-me com o vulgar desnudado em sua correspondência. Quero honrar e me confundir com esse homem, com esse "verme mole" que se desvestiu para Felice Bauer, nunca imaginando que suas imprudências pudessem vir à tona. Ou será que ele, senhores, o demoníaco escritor, engendrou até isso? Não sei. Mas não duvido.

Kafka, enquanto perscrutava os martírios mirabolantes para seus livros, ficou noivo de Felice por duas vezes, mas nunca se casou. Por anos, iludiu sua Dulcineia. Os amantes viveram um romance apenas epistolar, deixando um legado de textos e poemas para que nós, reles escafandristas literários, pudéssemos criar uma versão usurpada do passado. E da literatura.

Os conspícuos colegas sabem que Kafka conheceu Felice durante um jantar na casa de seu amigo Max Brod — aquele que nos amaldiçoou ao salvaguardar e publicar a obra assombrosa e magistral do tcheco. Foi invenção à primeira vista. "Quando cheguei à casa dos Brod, Felice estava sentada à mesa. Não senti a menor curiosidade por saber quem era, porque em seguida foi como se nos conhecêssemos a vida toda." Os jovens fabulosos começaram a se corresponder, fazer planos e se amar: "Uma aura de encantamentos rodeava a figura de Felice", imortaliza o escriba em uma carta. O decrépito funcionário da empresa de seguros e a iludida executiva se comprometeram pela primeira vez dois anos após esse encontro. (Se os senhores desconhecem essa história, perdão, mas que se levantem e sumam logo daqui. Estão no lugar errado.)

O gênio da arte das palavras, das incoerências do cotidiano e da cobiça pelas paixões, aterrorizado pelas suas fantasias e delírios, internou-se em um sanatório. (Lugar terrível, seus monstros.) E a sua Felice, a quilômetros de distância do seu amor, rogou para que sua melhor amiga, Greta Bloch, a auxiliasse no tratamento do amado. O burocrata galanteador, transviado e paradoxal, mesmo agradecido pelo zelo de Felice, flertou sem escrúpulos com a melhor amiga da noiva. E foi nesse instante, sádicos comparsas, que sua epistolografia se apurou: ao mesmo tempo que escrevia para Felice planejando o casamento, redigia cartas *calientes* (arguto amigo) para Greta (perdoe-me, mas não posso deixar de glorificar esse sugestivo nome.) Isso, sim, é genialidade, ambíguos senhores. Isso, sim, é engenhosidade! E é nesse momento que, vivendo um romance rápido, discreto e profundo, coadunado ainda com outro amor, o escritor concebeu seu autêntico e inquestionável *Processo*. Ele inventou e transformou a culpa e o crime num livro extraordinário. Bravíssimo.

E tem mais. Ainda no sanatório, o desnutrido e raquítico aventureiro dos paradoxos, ator e artista da fome, se apaixonou pela "garota suíça" e por outras tantas. Quem nunca traiu, senhores, que escreva o primeiro livro sobre o tema. Porém, preso a Greta e a Felice, Kafka manejou a situação com astúcia. Imagino e reproduzo suas surubas no sanatório! Esta foi sua metamorfose: transformar-se em três para saciar e enganar suas três amantes.

Eu adoro e admiro as verdadeiras pulsões literárias: rabos e mais rabos de saia! No entanto, Kafka, a fim de ludibriar e criar um outro personagem de si mesmo — um escritor atormentado em uma incansável busca pela supremacia literária —, dizia: "Tudo o que não seja literatura me aborrece e eu detesto, pois distrai-me e faz-me mal, ainda que sejam só imaginações minhas." Que mentira, mítico companheiro: foram as aventuras e errâncias nas camas das mulheres — e não as letras — que compuseram o cenário perfeito para o seu *Castelo*, seu *Veredito* e para toda a minha obra!

(Kafka se envolveu com a filha do zelador da sinagoga. E eu, honrando-o, cortejei a namorada do rabino da cidade onde nasci. Era jovem, tão jovem. Nem pelo pubiano eu tinha. Mas já desejava arrancar aquela saia, rasgar aquela meia-calça, despedaçar aquela peruca e aguardar, sem roupa, a ereção e a chegada do Messias. Ah! Perdoem-me. Perdoem-me a ousadia e a deselegância, senhores. A cobiça pela infância, pelo passado, pela ingenuidade e a memória de um outro *eu*, perdido, ainda provocam minha libido. O fato é que ela nunca retribuiu os meus olhares simiescos. Preferiu se casar com um desses religiosos alienados. Escolha infeliz. Hoje ela poderia vender minha intimidade e expor minhas fraquezas para arrecadar seu dízimo.)

O infatigável tcheco, metamorfoseado em Don Juan ou em Dom Quixote, terminado seu primeiro noivado com Felice, pediu outra mulher em casamento num ponto de ônibus qualquer. Que escritor, depauperados senhores! Que paixão Kafka nutria pela vastidão das possibilidades. Ele seguia o apelo animal. Buscava o "demoníaco que existe na inocência". Agia por impulso, por tesão, por sexo. Enfim, mais um escritor humano e vil como todos nós.

Sim, o fim de um romance é doloroso. Não foram poucas as vezes que me vi como um verme clamando pelo retorno de uma relação perdida. Kafka também sentiu o fim. Viveu a falta do sonho, da utopia, do companheirismo das cartas de Felice, e retomou o noivado em julho de 1917. O personagem bestial a amava, mas amava também todo o "agitar de saias" ao seu redor. Ele continuou a escrever cartas para domar sua angústia e expurgar o mistério.

Kafka, então, desnorteado e fóbico, descobriu o subterfúgio e o mote literário de se depreciar. Desnudou seu corpo e sua mente para que Felice o deixasse: "Sou magro, morto, frágil, doente, miserável", vivo "atormentado, repleto de sonhos, pesadelos e alucinações". "Meu verdadeiro medo — não poderia dizer nem ouvir nada pior — consiste em que jamais poderei te possuir." Mas ela se encantava cada vez mais. Sonhava em ter para si o gigantesco inseto. E foi por essa relação, marcada por incoerências, que o asqueroso-inseto-escritor foi edificado.

Aterrorizados amigos, Gregor Samsa, o descomunal egrégio de Kafka, foi então concebido. Originado pela frustração do amor e pelos calvários imponderáveis da vida, passou os seus últimos anos vasculhando as letras e as incompreensões do espírito. Tornou-se um onanista das palavras e dos processos. Nesse turbilhão ignoto e furtivo, ele tramou a esfinge de sua *Metamorfose*: "Com frequência venho pensando que a melhor forma de vida para mim seria trancar-me no mais fundo de uma vasta cova, com uma lâmpada e tudo o necessário para se escrever. Me trariam comida e a deixariam sempre longe de onde eu estivesse instalado, seria meu único passeio. Ato seguido, regressaria a minha mesa, comeria lenta e conscientemente, e em seguida me poria a escrever."

Desolados colegas, aqui eu me comovo. Vida e obra se misturam e se confundem. Como em um de seus pequenos e ardilosos contos, Kafka é vítima de um infortúnio. Em setembro de 1917, os médicos o diagnosticam com tuberculose. (Coitado.) Seu epitáfio começa a ter um destino. Ele precisa correr, viver, se perder. Não entende os desígnios do mundo, apenas aceita o indulto da escrita. (Salve, salve.) Mas, claro, não deixa de se encantar com a "demoníaca inocência" de uma lolita qualquer. Porém o tão esperado encontro amoroso nunca mais será possível: em dezembro de 1917, Felice e Franz rompem o segundo noivado para sempre. (Sei muito bem como é o fim imposto pelo destino.)

E que grande ironia, senhores! Felice viveu a mágoa e a fúria da rejeição por quarenta e cinco anos. Durante esse período, a memória de Kafka se tornou venerada, cultuada e glorificada mundo afora. As elucubrações e os mistérios do escritor se transformaram em referências canônicas. E a ardilosa Felice, serenamente, assistiu ao advento dessa lenda.

Cinco anos antes de morrer, ela tem sua vingança. O finado escritor-embusteiro pagará. Felice vende todas as cartas que trocaram, e também as cartas que Kafka escreveu para Greta. O mundo conhece a face humana, doente, neurótica, hipocondríaca, ciumenta, perturbada e atormentada do inseto mítico.

E eu, mesquinhos senhores, idolatro, venero e me encontro em todas essas cartas.

Falsário. Farsante. Medíocre.
Um viva! Bravo! Genial!
Seu adulador. Que fiques imerso em fezes e esterco. És a sujeira do mundo. Tiraste proveito dos medos e desejos dos outros e proferiste falsas palavras.

Delirantes membros da Academia,

Preciso lhes fazer uma confissão: eu também sou Franz Kafka. Não o dos livros — genial, angustiante e desnorteador —, mas o das cartas — original, intempestivo e indecoroso.

Ao me premiarem, descorteses senhores, saibam que estão homenageando o bichano tcheco, o cão atormentado, o franzino parasita. A entidade do século passado.

Kafka e eu nos encontramos na debilidade. Na fraqueza. Na inanição. Na nossa imensa covardia enquanto homens. Meu nobre amigo não sustentou seu duplo noivado. Apavorado em vislumbrar a possibilidade real de se tornar homem, ele criou um "tribunal" humilhante — ficcional e real — para se libertar da promessa com a noiva, Felice, e do compromisso com toda a humanidade.

E eu o honro todos os dias com minhas vilezas. Também me dedico ao ofício da sedução, do encantamento e da fuga. Eu me relaciono com diversas mulheres, envio cartas, cortejo, exalto. (Atualmente exijo que se desnudem para mim.) Invento várias paixões, engendro histórias, viagens, personagens e promessas, mas me esgueiro assustado e aturdido. Não sou homem de encarar, de enfrentar, de duelar. Me protejo atrás das páginas dos meus livros. Somos todos seres carentes, incompletos e nebulosos. Um mero olhar, um simples cuidado e um ridículo galanteio conquistam e enganam qualquer um. E, quando o relacionamento se consolida, me desinteresso em louvor do novo. Quero e preciso de outras conquistas, de outros odores, de outros sabores.

Diante de um novo amor, também me desequilibro. Escrevo atordoado, zonzo, diminuto. Rejeito o velho em busca de feições virgens. Almejo o fim, mas, não tendo a coragem e nem a hombridade de fazê-lo, um outro personagem entra em cena: o escritor dos porões, melancólico e taciturno, que acredita estar "realmente perdido para a convivência com outros seres humanos", e por isso me escondo, me distancio, me refugio na dor que dorme com as palavras.

Na minha literatura há mulheres atormentadas e enfurecidas. Magoadas e coléricas, como Felice. (Você as representa somente assim, Jacques? Talvez valha a pena conversar com sua analista na próxima sessão.) Elas são minhas personagens, mas eu desconheço suas razões. Eu, autor e narrador, forjo heroínas e amantes. Especulo biografias, intertextos, profanações e homenagens. E me regozijo com a obra... tão perto e tão distante da vida.

Ah... e como elas se enfureciam! Como elas se encolerizavam, me amaldiçoavam, me maldiziam. E como isso ia se tornando indispensável e essencial para a minha escrita e para as minhas elucubrações. Ao "criar" minhas personagens, lascivo, eu desvelava as intimidades, fragilidades, singularidades e singelezas de todas as minhas ex-namoradas. Afinal, "escrever significa abrir-se em demasia..." E eu me abria, assim como abria as pernas, os corações e as mentes das minhas protagonistas.

Mas um dia eu encontrei *a* mulher. A que me fascinava mais que todas as invenções e utopias literárias e reais. A que desvendava, enobrecia e engrandecia ainda mais minhas palavras. A que me envaidecia, essa droga viciante e maliciosa que habita e corrompe todos nós escritores. Nós dois construímos um mundo juntos. Um mundo repousado na arte, nas confidências, nas certezas e nas contradições amorosas de um casal.

Porém, tristes senhores, o amor não me bastava. Não era suficiente. Não era honesto e nem justo diante da minha criação. A vida com ela era esfuziante, alucinante, hipnotizante... mas me deixava esgotado, sem tempo para transcender a dor e a angústia da escrita. Kafka e eu escrevemos: "Não há nunca suficiente solidão ao redor de quem escreve; jamais o silêncio em torno de quem escreve será excessivo, e a própria noite não tem bastante duração. Sendo assim, não pode jamais haver a nosso dispor o tempo adequado, visto que são extensas as distâncias e facilmente nos desviamos." Infelizmente eu precisava me livrar do amor. Me desacorrentar e me despir. E, por ter me desvencilhado dela, é que estou aqui esta noite.

Um dia ela me perguntou sobre meus planos. Eu só queria me privar da vida e das letras em sua homenagem. Kafka e eu respondemos: "Recentemente me perguntaste... pelos meus planos e perspectivas. A pergunta assombrou-me... Não tenho naturalmente nenhum plano, nenhuma perspectiva. Sou incapaz de caminhar rumo ao futuro. Posso atirar-me nele, rolar ao longo dele, cambalear em sua direção, e o que melhor sei fazer é permanecer deitado. Quando vou bem, o presente me ocupa inteiramente; quando vou mal, logo amaldiçoo o presente e ainda mais o porvir." Diante dessa inquisição, tive uma epifania: ela teria de se transformar em uma personagem do meu novo romance. E teria de ter uma força muito maior que as outras protagonistas. Algo inédito, original, excêntrico.

Consternados senhores, meu livro de maior sucesso foi aquele em que eu a desnudei e a deturpei. Construí as mais belas sentenças para revelar minha traição. Minhas traições. Todas as outras saias que levantei. Todas. Aquela mulher que sempre esteve ao meu lado, que sempre enalteceu minha criação, que sempre foi a minha primeira e amorosa leitora, acabou sendo humilhada, rechaçada, reinventada de forma infeliz e impiedosa. E eu, como Kafka, fiquei impotente diante do sublime da criação. Diante da ilusão. Diante da fábula do amor.

Mas será que tudo isso não passava de ficção? De desilusão? Será que isso importa? Adianta eu me esconder atrás dos livros? Era tudo tão verossímil e realista. Tudo com provas, com evidências, com constatações. Com arte. E ela não conseguiu suportar. Fugiu pelo mundo. Devastou meu coração...

E eu vos questiono, aqui, em berros e prantos: para quê? Por quê? Por que fui assim tão hediondo? Só para receber essa merda de homenagem, essa porcaria de Nobel? Valeu a pena? Vale a pena, Kafka?

A verdade, imundos senhores, é que nos valemos da nossa própria sujeira e imundície para sermos premiados, lidos e reconhecidos. Só talento não basta. Por bons caminhos seguem nossas criações — nossos personagens, nossas paixões e nossas bastardas Felices. Nós é que continuamos, sem escolha e sem saída, nesta vereda imprestável e desgraçada, mas ao mesmo tempo maravilhosa, que é a literatura.

Vagabundo. Lunático.
Tua mulher vai te perseguir no Nono Círculo. No Lago Cócite. E que permaneças apenas com o rosto exposto. Chorando. E que tuas lágrimas congelem e cubram os teus olhos.

Símios membros da Academia,

Deslumbrado por todas essas infames fofocas afetivas, Elias Canetti, laureado em 1981, escreve *O outro processo: as cartas de Kafka a Felice*. Ele confessa de que forma assimilou essa epistolografia e a transformou em fonte literária para sua criação: "Essas cartas entraram no meu espírito como uma vida genuína, e a esta altura afiguram-se tão enigmáticas e tão familiares como se sempre me tivessem pertencido, desde que comecei a tentar acolher em mim seres humanos, a fim de compreendê-los uma e outra vez." O apóstata Canetti, então, se torna um amálgama. Um amálgama formado pelo romancista e pela sua transcriação de Kafka, Felice, Greta e outros.

Frustrados senhores, o livro de Canetti é um brilhante estudo em memória do sacralizado autor. Mas é também uma busca lasciva pela compreensão de si mesmo. De seus próprios absurdos e contradições. Canetti, que, depois de uma publicação genial aos vinte e cinco anos, não produziu quase nada de relevante, resgata a história submersa e indecorosa de Kafka. Uma criação genuína e, ao mesmo tempo, uma apropriação mordaz.

Nesta mesma tribuna, Canetti recebeu o galardão máximo por seus "escritos marcados por uma ampla visão, uma riqueza de ideias e um grande poder artístico". Assim ele foi eternizado. E, sob essa égide, os acadêmicos escrevem inúmeros tratados e estudos. Ovacionam o autor dos clássicos *Auto de fé* e *Massa e poder*. Enaltecem e esquadrinham sua ficção, sua força literária intempestiva, seu ineditismo de berço. Me furtarei dessa patetice acadêmica. Fomentarei o seu *eu* clandestino.

O seu *eu* sádico, masoquista, voyeur. O *eu* criador que habita os calabouços e que se torna invisível aos olhos da moral, da história oficial e desta impostora Academia.

(O voyeurismo e a autoridade sempre me excitaram. Como eu sonhei com o corpo da minha primeira professora de literatura. Como eu me imaginei invadindo suas letras e arrancando sua carne. Ela depravando e subjugando meu corpo. Pintei quadros. Escrevi cartas. Sonhei encontros. Mas o que ficou marcado foi a vergonha de quando fui descoberto no banheiro da escola, gemendo e gritando pelo seu nome: "Julia, Julia, Tia Juuulia.")

O "poder artístico" de Canetti é incontestável. Em um apolíneo texto, ele engendrou o desencontro amoroso ao escrever sobre um ménage. E neste ponto, senhores onanistas, nos encontramos, meu comparsa e eu. Escrevi sobre tantos ménages: pífias palavras de convencimento e mentiras para que minhas parceiras assentissem na atuação sexual de uma terceira, mas eu mesmo, no momento crucial, sempre fugia. Fugia porque a invenção e o desejo, além de contrários à ação e à plenitude, devem persistir apenas como pulsão na alma atormentada do escritor.

Canetti construiu, a partir da divergência do olhar, um de seus mais atraentes livros e subversões. Em seu *O jogo dos olhos*, uma de suas ficções autobiográficas, ele reproduz o intrigante e oceânico olhar de sua cobiçada Anna Mahler. (Eu também amei Anna. E também fui rejeitado por ela. Maldita. Espero que me inveje agora.) Apaixonado pela filha do compositor Gustav Mahler, o escritor fabulou uma história correspondida apenas em parte pela amada. Nesse livro-resgate, Canetti recontou um episódio ordinário, porém engrandecido pela sua "ampla visão". Enquanto realizava a leitura pública de uma de suas peças teatrais, buscando o amor e a admiração de Anna, percebeu enciumado o encanto traiçoeiro de Anna pelo seu melhor amigo, Hermann Broch. (Bem feito!)

Percebam, amados voyeurs, Canetti fez do "jogo de olhos" uma apologia ao flerte entre Anna e Broch. "Na esperança de encontrar nela aprovação e amparo", procurou espelho e conforto no olhar de Anna, mas percebeu que ela se refletia apenas no olhar e no desejo do amigo: "Seus olhos concentravam-se nos de Broch, e os dele, nos dela."

Muitos dos senhores estiveram aqui presentes quando Canetti fez questão de enaltecer o romancista e traidor Hermann Broch. E é isso que eu faço também. Afinal, são as traições, as imposturas e as vilezas que nos incitam a escrever e a combater. Usurpo as palavras do meu cúmplice e as entreponho no meu discurso, na minha própria vida. "Hermann Broch foi um grande amigo. Não acho que seu trabalho tenha me influenciado, mas eu vim a conhecer, por meio dele, aquele dom tão especial que o capacitou para esse trabalho: o dom da 'memória da respiração'. Desde então, tenho pensado muito sobre a 'respiração' na literatura, e essa reflexão tem me guiado."

Assim fez Canetti: ao buscar o olhar da amada, ele captou o momento de angústia e de dor, incorporou toda a cena, transformou-a em sua memória-respiração, desmereceu em público o amigo infiel e, anos depois, reciclou a cena vivida corrompendo-a em literatura. (Obrigado, mestre.)

Adúlteros cavalheiros, há que se exaltar a beleza das imagens criadas por Canetti. Afinal, o verdadeiro autor transcende o momento e se sustenta por meio da arte: "Eu conhecia aquele olhar: os olhos de Anna já haviam me fitado daquela maneira e, assim pensara então, me dado vida. Eu não tivera, porém, olhos com os quais pudesse retribuir àquele olhar, e o que eu agora via era algo novo: Broch tinha tais olhos. Imersos como estavam um no outro, eu sabia que não me ouviam, que para além deles nada havia, que o insensato caminhar pelo mundo que meus personagens vociferantes lhes apresentavam não existia para eles, que não lhes era necessário renegar esse caminho vazio, pois não se sentiam atormentados por ele: estavam tão deslocados naquele lugar quanto eu com meus personagens, para os quais não mais voltariam sua atenção, nem mesmo mais tarde — estavam desligados de tudo, um no outro."

Esse é um extraordinário momento literário, senhores. O desencontro vivido e fabulado pelo narrador foi uma recriação do tormento amoroso vivido por Kafka e por mim. A "memória da respiração" do escritor búlgaro é uma memória orgástica e voyeurística do próprio escritor tcheco. Quem se metamorfoseia aqui, ao corromper e assimilar a relação de Kafka, é o nosso laureado.

O estelionatário Canetti confessou seu prazer ao absorver as cartas do tcheco: "Ocorria que a primeira reação que se experimentava — reação que se devia à reverência por ele e à sua desgraça — fosse de embaraço e pudor. Conheço pessoas cujo constrangimento crescia durante a leitura e que não conseguiam livrar-se da sensação de estarem irrompendo em regiões onde justamente não lhes cabia penetrar. Respeito-as muito por essa sua atitude, porém não faço parte delas. Li aquelas cartas com uma emoção tamanha como havia anos nenhuma obra literária me causara." No entanto, a diferença entre a narrativa literária de Canetti e a epistolar de Kafka é perversa: enquanto o gênio de Kafka foi exposto e talvez envergonhado pela vingança de Felice — essas eram cartas pessoais, sem cunho e propósito literários —, Canetti enalteceu o seu momento pessoal indecoroso — o de ser preterido pelo melhor amigo — anos depois e com grande apuro e afinco literários. Canetti recriou e transformou a cena numa bela obra de memória-respiração-arte.

(E não é exatamente isso que você faz, Jacques? Você se apropria, desfigura, maltrata e ainda aguarda pela sua ovação?)

Assim trabalha o ficcionista, senhores. Usurpamos o tempo, assimilamos e compreendemos calmamente um passado já transfigurado, para então escrevermos e reescrevermos uma sinfonia de um momento já extinto. Ao elaborar *O outro processo* e *O jogo dos olhos*, Canetti ardilosamente apunhalou Kafka. Ele mostrou como o seu próprio desencontro foi mais rico e mais poético do que os infortúnios vividos e não formulados pelo pobre inseto tcheco. Nós somos cúmplices e membros dessa corja incorrigível de escritores estelionatários.

Atraiçoados senhores, o extorquido Kafka teria produzido outra literatura fantástica se tivesse a oportunidade de tomar essas suas cartas para si. Se ele conseguisse retomar o *tempo perdido* da sua relação com Felice, se pudesse ter refletido, enaltecido e enobrecido esse seu grosseiro passado. Não tenho dúvidas de que conheceríamos outro escritor. Pior.

Mas Canetti também pagou o preço da glória. Se teve tempo e distância para enaltecer o romance de olhos entre Broch e Anna, e ainda explorar impiedosamente as frivolidades de Kafka, não conseguiu se defender quando expuseram a intimidade de sua relação com Iris Murdoch.

Esse é o futuro que me aguarda, senhores, eu sei. Tenho consciência de que, em breve, acusações de assédio, misoginia, plágio, e também feminismo, ostracismo, falta de lirismo, serão endereçadas a mim. Ficções serão subvertidas para falarem da minha privacidade e da minha ignorância. Confesso: eu e todos os meus personagens somos culpados. Há sangue em minhas mãos. Mas eu me escondo na autoridade que agora a Academia me confere.

Canetti e Murdoch foram expostos. Aplaudo o casal sadomasoquista, ato que nunca consegui realizar, apesar de me encher de desejo. Elias Canetti, Iris Murdoch e Veza Canetti — a esposa oficial do laureado — escreveram sobre esse romance, porém as cenas não foram tão belas, tão trabalhadas e requintadas quanto a cena de Broch e Anna.

Iris afirmou que Canetti era: "um artista-manipulador-sádico-mitômano", "misógino" e um "miserável em busca de poder". Um amante cruel, perverso, bestial. Um escritor menor.

Atônito e ofendido diante de tais declarações, o laureado revidou: "Iris é vulgar, medíocre, irrelevante."

Uma linda troca de afetos. Bravíssimo! Da ficção, amigos, ninguém escapa.

Com medo e receio de que isso aconteça em breve comigo, sádicos senhores, pergunto: como se defender dessas revelações? Como se proteger do inimigo-amante? Como banir do seu convívio — e da sua literatura — aquele que conhece e decide expor o seu lado mais oculto, mais íntimo e muitas vezes tão sombrio que nem nós mesmos conhecemos?

A criação é falaciosa e enganosa. Iris Murdoch se vangloriava por não ter amarras socioculturais. Praticava a fruição do corpo e engrandecia o próprio prazer ao se entregar sem regras às perversões do amante laureado. Mas, jocosos colegas, seu regozijo feminista repousava na submissão. Em muitos de seus romances — escritos e vividos —, ela narrou as próprias cenas de subserviência e sua relação com o corpo, com o poder e com a licença à subordinação. O seu grande orgulho e sua certeza enquanto feminista.

E eu vos questiono, idealizados amigos, de quem é o lugar da fala? Da nossa fala? Da nossa criação? É nossa! Apenas nossa. E por isso digo aos brados: salvem a ficção! Sim, eu posso e devo falar no lugar de qualquer um. (É justamente o que faço aqui.) Dos excluídos, dos afogados, e também dos detentores de poder. Meus personagens falam com autoridade dos diferentes gêneros, das várias classes sociais, de conhecidas e desconhecidas culturas e tempos.

É nessa forma narrativa, senhores acadêmicos-voyeurs, que repousam a expurgação e a emancipação que procuramos na arte. Defender a bandeira do feminismo, da igualdade de escolhas, de valores, de desafetos entre os gêneros e ser livre para buscar o prazer pela obediência, esse é o paradoxo e a apoteose da literatura. A subalternidade e a perversão são formas de entendimento. E por isso o artista revisita e perscruta os próprios acontecimentos, nobres ou não, para alcançar a emanação artística. Iris se confrontou com essas questões. Pena que, no fim da sua vida, já não era capaz de se lembrar de nada disso.

Em contrapartida, Canetti-dominador, totalmente acuado e ofendido pelas declarações da escritora, se vingou de Iris ao descrevê-la como uma frígida amante: "Ela permaneceu imóvel e inalterada, e eu quase não senti quando penetrava nela. Uma tumba incapaz de soltar um único gemido durante o ato. Também não percebi se ela sentia qualquer coisa. Talvez eu pudesse sentir algo se ela tivesse resistido de alguma forma. Mas isso estava tão fora de questão quanto qualquer prazer. A única coisa que notei foi que seus olhos escureceram e que seu corpo de origem flamenca ficou um pouco mais vermelho. Assim que terminou — ela ainda deitada de costas —, ficou animada e começou a falar. Contava sobre um sonho peculiar: estava em uma caverna comigo. Eu era um pirata que a tinha arrebatado e a arrastava de volta à minha caverna, onde a violentava. Eu sentia o quão feliz ela ficava com essa linda e banal história." Ele — ficcionista — difamou e engrandeceu a ex-amante. Afirmou sua posição de autoridade e ao mesmo tempo homenageou Iris, ao compará-la com a personagem

Hermione, de *Mulheres apaixonadas*, de D. H. Lawrence. Ele — nós: corja de iconoclastas e fazedores de mitos.

E para apimentar ainda mais esse ménage kafkiano, excitados senhores, todo esse carnaval literário-sexual se passava em cima da cozinha onde Veza Canetti preparava as refeições dos amantes. A esposa de Canetti sabia de tudo, e sentia prazer nessa traição. Sabia, inclusive, que anos depois os amantes duelariam em torno da história oficial do romance.

Assim como o marido usurpara a história de Kafka para compor e se impor, Veza também se apropriou dessas travessuras lascivas como inspiração e melodia em seus próprios livros. A dor, a deslealdade do marido, a suposta ingenuidade e inocência se tornaram a sua ficção. Pois é daí que surgem as histórias, voluptuosos senhores. É do autoengano, das subversões, do fingimento e da reconstrução do pretérito que rebentam as narrativas. A literatura de Veza foi, durante muito tempo, obscurecida pela áurea nobélica do marido. Porém, comparsas, eu a reconheço como uma grande escritora.

(Grande porcaria a minha opinião.)

Canetti dizia que "o que um poeta não vê não aconteceu". Isso é uma falácia, senhores. Canetti: o senhor não viu todas as histórias e invenções que se passaram nas mentes de Veza e Iris enquanto, egoísta, desfrutava seu gozo narcísico. O senhor não leu, não contemplou e nem sequer vislumbrou toda a riqueza do corpo, da alma e das palavras de Iris, Veza, Kafka e

Felice. O pobre senhor não viu, não sentiu e não transcreveu nada do que não fosse seu. Todas as subversões, difamações e indiscrições que o senhor atribuiu aos outros romances foram apenas um reflexo transviado da sua própria lente. Da sua própria tristeza. Das suas próprias limitações.

Tolos senhores, ainda tem mais devassidão nessa gruta. Quem eu convido para entrar nessa história-discurso é o marido de Iris, John Bayley. Ao publicar o livro *Iris: A Memoir of Iris Murdoch*, o frustrado, medíocre e impotente crítico literário — perdoem-me pela redundância e obviedade — se apropria de forma facínora das reminiscências da esposa. Ela, a escritora libertária, agora acometida pelo memoricídio perpetrado pela doença de Alzheimer, já não era capaz de contar e de lembrar a própria narrativa. E Bayley, que sempre viveu à sombra da erudição, da volúpia e da sexualidade da companheira, teve, por fim, a oportunidade de se colocar falaciosamente no centro das atenções e do amor da mulher. O criminoso e cleptomaníaco escritor, ante o poder da pena, depreciou todos os amantes da esposa, inclusive a relação doentia-voluptuosa com Canetti, e, ao escrever seu livro, colocou-se como protagonista da vida da mulher. À medida que Iris perdia a consciência e se despedia das conquistas de seu passado, o sádico escritor-marido transformava a narrativa oficial. Ele se tornava o herói de sua desmemoriada esposa.

E a ficção é labiríntica, senhores! O próprio Bayley, ao reescrever o romance, acreditou que Iris havia sido totalmente dependente dele durante o relacionamento. Não o contrário, como acontecera na "realidade". E por isso, por se enganar com a própria ficção — todos nós somos culpados por isso —, ele mesmo se desencantou da mulher. O debilitado crítico e marido, agora desiludido por sua nova invenção amorosa, rejeitou Iris e se casou com uma outra mulher: Audi Villers.

(Também já amei uma Audi. Transei com sua melhor amiga. Os vídeos dessa minha traição devem estar circulando pela rede. Eu gostava tanto de me exibir.)

O que fica, no entanto — e aqui sou apenas um porta-voz desonrado e infame —, são os livros escritos por Iris, que evidenciam o vínculo doentio dela por Canetti, deixando Bayley de lado. Peter Conradi, biógrafo que acompanhou os últimos passos e recordações de Iris, desconstruiu ainda mais essa pós-verdade conclamada por Bayley. Em seu texto sobre a escritora, ele fez questão de frisar: "Canetti foi o último nome que Murdoch reconheceu, dois meses antes de morrer."

Bravo!

Adúlteros senhores: abalado pelo *que resta*, pelas transformações, recriações, lacunas, perversões e difamações, inquiro: será que a ficção é honesta? Será que recontar e recriar a história é legítimo? Moralmente aceitável? E será que o que fica tatuado em nossas sinapses, em nossas reminiscências — e nem uma doença tão poderosa pode remover —, é somente a violência física e sexual? A fúria indelével do amor? Será que essa relação agressiva, aniquiladora e devastadora que Canetti e Iris tiveram, mesmo que por um período curto de tempo, não é a única que permanece indestrutível? Inextinguível? Impossível?

Que história, senhores. Que narrativa! Reflito, atônito: Kafka, Felice, Canetti, Iris, Bayley existiram ou são apenas personagens dessas minhas intrigas, tramas e adulterações? Forjo aqui um discurso, uma outra obra literária ou apenas calúnias e detrações?

Perdoem-me, senhores. Perdoem-me, mas vou prosseguir. Este é meu fausto momento.

Chega. Chega.
Deixa o Napoleão falar.
Agora é a vez de o Papa pregar.
Seu sedutor. Que sejas açoitado pelos demônios.

Nobres escafandristas,

A vossa impecável escolha me convida a retomar a peregrinação pelo meu próprio subterrâneo. Pelo desconhecido, acobertado, mas que ainda assim reivindica um lugar de destaque. Quem nunca foi vítima ou perpetrador de uma relação abusiva? Quem nunca afrontou, ludibriou e também subjugou o outro? Quem nunca se viu perdido, perplexo e transtornado pelo desejo, pelo amor, pela bestialidade? E quem nunca camuflou seus próprios atos vexatórios? Foram esses atores-autores originais em suas infâmias, ou, assim como eu, apenas plagiários de outras narrativas? (Não se comprometa, Jacques. Não se comprometa ainda mais.)

Em homenagem a Kafka e Canetti, resgato minhas orgias. Como muitos estudos apontaram, minha narrativa sempre retoma lembranças de infância. Minhas reconstruções do amor romântico intangível, a rejeição e inadequação social, o estrangeirismo racial e moral, a ironia como forma de compreensão. E uma tríplice relação sempre é sublinhada: o do jovem escritor onanista, sua musa infantil, Silvinha, e o jovem demônio judeu, o Dybouk.

Nós três vivemos um liame curioso. Enquanto eu, aos seis anos, cortejava Silvinha com meus primários poemas, com meus incipientes textos e com meu desejo virginal e inocente, o sábio Dybouk já a bolinava com seu lépido dedinho adâmico. No nosso "jogo de olhos", ela sempre desprezava o meu olhar de fascínio. Seus olhos, desde jovens, rodopiavam, dilatados e levemente cerrados, ao experimentar o roçar das garras do falso profeta. E, quanto mais ela se engraçava e se umedecia pelo magnetismo do tinhoso, mais e mais o capeta nos humilhava. Ele, com um sorriso pilantra, sussurrava ao ouvido da melhor amiga de Silvinha o seu prazer e a minha desgraça. (Ainda te quero, Silvinha. Ainda procuro seu desprezo em todas as mulheres que possuo.)

E eu vos pergunto, dedilhados senhores: será que Silvinha se recorda agora dos meus gestos decorosos e do desabrochar dos meus primeiros versos? Será que Silvinha, se também tivesse sua memória exterminada como Iris Murdoch, pronunciaria involuntariamente meu nome nos últimos dias de sua vida? Ou será que ela apenas recapitularia, com grande volúpia e vivacidade, os dedos santos e deleitosos do nosso endiabrado inimigo?

agressiva, aniquiladora e devastadora que Canetti e Iris tiveram, mesmo que por um período curto de tempo, não é a única que permanece indestrutível? Inextinguível? Impossível?

Que história, senhores. Que narrativa! Reflito, atônito: Kafka, Felice, Canetti, Iris, Bayley existiram ou são apenas personagens dessas minhas intrigas, tramas e adulterações? Forjo aqui um discurso, uma outra obra literária ou apenas calúnias e detrações?
Perdoem-me, senhores. Perdoem-me, mas vou prosseguir. Este é meu fausto momento.

Chega. Chega.
Deixa o Napoleão falar.
Agora é a vez de o Papa pregar.
Seu sedutor. Que sejas açoitado pelos demônios.

Nobres escafandristas,
A vossa impecável escolha me convida a retomar a peregrinação pelo meu próprio subterrâneo. Pelo desconhecido, acobertado, mas que ainda assim reivindica um lugar de destaque. Quem nunca foi vítima ou perpetrador de uma relação abusiva? Quem nunca afrontou, ludibriou e também subjugou o outro? Quem nunca se viu perdido, perplexo e transtornado pelo desejo, pelo amor, pela bestialidade? E quem nunca camuflou seus próprios atos vexatórios? Foram esses atores-autores originais em suas infâmias, ou, assim como eu, apenas plagiários de outras narrativas? (Não se comprometa, Jacques. Não se comprometa ainda mais.)

Em homenagem a Kafka e Canetti, resgato minhas orgias. Como muitos estudos apontaram, minha narrativa sempre retoma lembranças de infância. Minhas reconstruções do amor romântico intangível, a rejeição e inadequação social, o estrangeirismo racial e moral, a ironia como forma de compreensão. E uma tríplice relação sempre é sublinhada: o do jovem escritor onanista, sua musa infantil, Silvinha, e o jovem demônio judeu, o Dybouk.

Nós três vivemos um liame curioso. Enquanto eu, aos seis anos, cortejava Silvinha com meus primários poemas, com meus incipientes textos e com meu desejo virginal e inocente, o sábio Dybouk já a bolinava com seu lépido dedinho adâmico. No nosso "jogo de olhos", ela sempre desprezava o meu olhar de fascínio. Seus olhos, desde jovens, rodopiavam, dilatados e levemente cerrados, ao experimentar o roçar das garras do falso profeta. E, quanto mais ela se engraçava e se umedecia pelo magnetismo do tinhoso, mais e mais o capeta nos humilhava. Ele, com um sorriso pilantra, sussurrava ao ouvido da melhor amiga de Silvinha o seu prazer e a minha desgraça. (Ainda te quero, Silvinha. Ainda procuro seu desprezo em todas as mulheres que possuo.)

E eu vos pergunto, dedilhados senhores: será que Silvinha se recorda agora dos meus gestos decorosos e do desabrochar dos meus primeiros versos? Será que Silvinha, se também tivesse sua memória exterminada como Iris Murdoch, pronunciaria involuntariamente meu nome nos últimos dias de sua vida? Ou será que ela apenas recapitularia, com grande volúpia e vivacidade, os dedos santos e deleitosos do nosso endiabrado inimigo?

Silvinha, garanto, nunca se lembrará de mim. Porém, mesmo nas diabruras com outros amantes, ela evocará a lembrança vívida e indelével do hálito do Dybouk.

Mas "aprendi, senhores. Ah, aprende-se o que é preciso que se aprenda; aprende-se quando se quer uma saída; aprende-se a qualquer custo", como já dizia o mico kafkiano. E não foi com Silvinha que aprendi, e sim com o travesso sete-peles. Obrigado.

Agora, com orgulho e satisfação, digo: eu sou o Dybouk. Sou o protagonista das minhas próprias histórias. Sou quem orquestra a trindade. Sou quem subjuga, viola e profana. Aquele que usurpa e abusa, e ainda se lisonjeia por isso. Sou escritor! Tenho certeza de que não mais serei esquecido pelas minhas ex-amantes, já que as preencho, dia após dia, de violência e prazer.

Travessos senhores, quando forem cantar os triunfos da minha odisseia, não se esqueçam de mencionar a minha conquista europeia. Greta: a mulher em quem minha fúria fálica ainda permanece tatuada.

Um dia, relembro, vivemos um ardor de verão. Eu havia me aproximado ardilosamente de seu pai para que fôssemos parceiros de squash. Mas o que queria mesmo era me aproximar da sua filha um tanto enigmática e bela. Desde que a vi na torcida pelo pai, eu, bestial, a desejei. E não foi mais por meio de palavras, de regalos, de carinhos que me aproximei e me eternizei em seu corpo. Naquela época, pai e filha nem desconfiavam que eu sonhava com o mundo e com a vaidade das letras. Saberão agora? Não me importa mais. O que desejo contar-lhes, senhores, é como eu me tornei imprescindível na narrativa do Velho Mundo.

Nosso encontro foi rápido e quente. Durante a semana de jantares em que nossas famílias se reuniram no hotel, eu vesti os trajes do Dybouk da minha infância. Com um superficial discurso sobre as últimas partidas do magistral Federer com o pai da portuguesa, por baixo da mesa eu a bolinava. Eu aprendi, senhores. Eu aprendi. E, confesso, durante as noites a raquete tinha outra função. Ela abria uma fresta para a eternidade. Para a lembrança inextinguível. Agora, sem mais as juras, os sofrimentos e as filosofias da minha cândida infância e juventude. E como tenho certeza da minha eternização? Permitam-me ler a memória de Greta dias antes de seu casamento: "Oi, Jacques. Tenho, sim, algo de maior relevância para te contar: vou-me casar no final deste ano. Ele chama-se Pedro, é muito boa gente, e eu gosto muito dele. Decidi escrever-te, pois há pensamentos que há muito evito e que quero deixar cair... mas não consigo. Por mais estranho e inusitado que te possa parecer. Tenho comigo um anel que, desde as nossas férias, trago colocado em meu dedo. Não te lembras, mas foi um anel igual ao que usavas durante aquela semana. Era o nosso pedaço, em mim. Apercebi-me há poucas semanas, que não fica bem usar esse anel com traje de cerimônia. Jacques, na minha vida há poucos momentos que revivo com tamanha intensidade, gozo e gosto. Poucas foram as vezes em que me senti tão abençoada como naquelas férias. Já lá vão quase quinze anos, e ainda hoje eu relembro. Foi a única vez que senti tanto prazer. Escrevo na esperança de ver diminuída toda a intensidade do pretérito. Passamos uma vida inteira a viver de ilusões, a fazer crescer um, vários sonhos, e depois descobrimos que somos demasiado pequenos. Gostava tanto que tudo fosse tão simples... Não quero que interpretes mal as minhas palavras. Não quero de todo faltar-te ao respeito, mas precisava te dizer isto: gosto muito de ti. Estás muito comigo agora e estarás comigo sempre. Não sei o que me reserva o futuro. Mas sei isto: que um dia queria voltar a te ver (sem roupa), sem reservas... sem receio do teu olhar de censura, crítico... sem medo de ser apontada e julgada. Quero tanto o teu bem e a tua felicidade como o espero para mim. Dia 16 de junho vou retirar o anel. A contragosto. Mas todo o resto vai comigo."

Amaldiçoados senhores: eu me gabo desse momento. Tenho um prazer funesto ao resgatar essa história. Eu me envaideço com essa carta. Tenho orgulho de ter subjugado aquele jovem escritor imprestável, infecundo, imbecil, e me reinventado pactário. Embora imundo e bastardo, tornei-me eterno.

Pedro vai te perseguir no inferno!
Canetti e Iris estão aqui. Eles também vão falar.
Eu espero que a saída seja alegre e espero nunca retornar.
Que você continue sendo esfaqueado e mutilado por demônios. Que eles continuem arrancando eternamente a sua discórdia semeada.

Lépidos senhores,
Ainda enveredando pelos ménages literários, convido-os a desfrutar de mais uma narrativa sinuosa: Sartre, Simone de Beauvoir e Claude Lanzmann, sejam bem-vindos.
Jean-Paul Sartre, que também teve um caso com Iris Murdoch (lamento o comentário, mas parece que ela gostava mesmo era de um Nobel, apesar de ter recebido o Booker Prize),

foi laureado nesta casa "por sua obra que, rica em ideias e preenchida pelo espírito de liberdade e pela busca da verdade, exerceu uma influência de longo alcance em nossa época". Bravo! Porém o nosso "feio, pequeno e fedorento", "que o odor que emanava dele parecia o de uma cabra, e a vida sexual certamente ia na mesma direção" — não sou eu quem o digo, mas seus admiradores e detratores (dentre eles Mario Vargas Llosa) — recusou o prêmio Nobel.

(Durante minha vida e meu trabalho, fugi dos odores medonhos e repulsivos, dos bafos execráveis — um subterfúgio inútil diante da minha pestilência símia. Sem orgulho nenhum, confesso que preciso usar uma máscara durante minhas relações sexuais. Perdoem-me, senhores. Desculpem-me por regurgitar indiscrições.)

Sartre deu uma banana kafkiana para os senhores, digníssimos detentores do saber. Que vexame, catinguentos senhores. Que vexame! Os membros da Academia até modificaram as regras do Nobel em virtude dessa afrontosa recusa. Acredito que os senhores também farão alguma ressalva após este meu discurso, que, convenhamos, é levemente sarcástico.

Em sua carta de recusa, Sartre tenta justificar seu ato: "Sempre recusei as distinções oficiais. Quando, depois da guerra, em 1945, me propuseram a Legião de Honra, recusei-a, apesar de possuir amigos no Governo. Igualmente nunca aceitei ingressar no Colégio de França, como sugeriram alguns de meus amigos. Esta atitude é baseada em minha concepção do trabalho do escritor. Um escritor que assume posições políticas, sociais ou literárias somente deve agir com meios que lhe são próprios, isto é, com a palavra escrita. O escritor que aceita uma distinção deste gênero compromete, também, a associação ou instituição que a outorga. (...) Nenhum escritor deve deixar-se transformar em Instituição, mesmo que isso se verifique pela mais honrosa forma, como no caso presente. (...) Não quero dizer que o prêmio Nobel seja um prêmio 'burguês', mas essa seria a interpretação burguesa que dariam inevitavelmente os meios que conhecemos."

Interessantes palavras, aclamados burgueses. Mas questiono: por que recusar o Nobel? Por conta dos despautérios que escreveu? Será que queria ridicularizar este templo de vaidades? Injuriar e nos blasfemar? Acusar-nos de nauseabundos e esclerosados? Senhores, ele não passou de mais um escritor decrépito sonhando compor algo de notável, inédito e original.

O caso é que a falta de coragem sartriana foi notória. Compartilho da reprimenda do também nada santo Vargas Llosa: "Ele foi mesmo um resistente contra a ocupação nazista? Foi professor, substituindo inclusive um professor de um liceu, expulso de seu posto por ser judeu; escreveu e publicou todos os seus livros e estreou suas peças aprovadas pela censura alemã. Ao contrário de resistentes como Camus ou Malraux, que apostaram suas vidas nos anos da guerra, não parece que Sartre tenha arriscado demais com sua militância... Talvez o temível acusador dos democratas, o anarcocomunista contumaz, o 'mao' incandescente, fosse apenas um burguês desesperado, multiplicando as poses para que ninguém se lembrasse da apatia e da prudência que ele mostrou diante dos nazistas quando as batatas queimavam. E o compromisso não era uma prestidigitação retórica, e sim uma escolha de vida ou morte." Foi por isso, senhores, por sentir a culpa francesa ante a omissão de muitos e a escolha nazista de tantos, e não por "motivos pessoais", que Sartre recusou a Legião de Honra, o posto no Colégio de França e o Nobel. Sim, amigos, há sangue em nossas mãos. Sempre.

Pergunto: será que o burguês desesperado, assim como muitos outros que por aqui passaram, não estava apenas preocupado em *faire semblant*? Em atuar, persuadir e performar sua vida e sua obra? Em se inventar como um herói *résistant*, encobrindo sua vileza e frouxidão? Será que estamos numa Academia de Vilões?

Em júbilo, aleivosos senhores, digo que sim. Todos os atos literários não passam de infâmias e baixezas!

Serpenteio ainda por outros abismos e outras profundezas. O que mais me chama a atenção como ficcionista é a submissão viril de Sartre em relação a Simone de Beauvoir e a Claude Lanzmann — o que seria fundamental para o seu brilhantismo, genialidade e covardia.

Enciclopedistas colegas, Sartre e Simone se conheceram em 1929. Jovens, ele com 24 e ela com somente vinte e um anos. Linda, cheia de vida, inteligentíssima e versátil, Simone já se tornava protagonista de todas as fábulas e camas em que atuava. Tinha um namorado, René Maheu, com quem iniciou seus primeiros jogos de corpos e de fluidos. Mas ela almejava muito mais. Seu desejo físico, intelectual e metafísico era infinito. Sua alma nunca parava de investigar as vicissitudes e os particularismos humanos. Mas isso, meus senhores, Pirros e Cíneas, já sabem. Não polemizo nada de novo. O interessante é que o encanto da bela Simone pelo horrendo Sartre nasceu justamente ao ver abaladas suas estruturas, crenças e certezas. Ela, ao colocar os olhos nesse homem-inseto-abjeto, nesse corpo torpe-impressionista — "baixinho, caolho, vesgo, assimétrico, desarrumado e um tanto fétido" —, se apaixonou. Fetiche? Sim, mas Sartre também era muito inteligente, divertido, ambicioso e agradável. Porém foi seu exotismo antierótico que enfeitiçou a feminista.

(Na juventude, eu me masturbava pensando na Simone de Beauvoir. Imaginava a fervorosa filósofa e a subversiva judia me possuindo.)

E um amor estranho, como todos os amores e embates, tem início entre os dois. Eles decidem transcender. Tresloucados, decidem se amar de forma casta e virginal. Negar o próprio duelo de corpos idolatrando a confluência de mentes. Porém ambos se deleitavam e se emporcalhavam com os corpos de outros. Muitos outros.

Entre eles, apenas a mente superior se regozijava. "O que temos, Castor (Simone) e eu, é um amor essencial, sobre-humano. Porém devemos nos entregar a outros casos e amorosos contingentes." Creio que esse acordo antinupcial tenha ocorrido diante de uma péssima e vexaminosa cópula. Diante da impotência banal e ridícula do nosso laureado-refugo. Exposto à representação utópica e mítica da Mulher, Sartre se sentiu inferiorizado e criou teorias mirabolantes-existencialistas para permanecer inepto ao lado dela. É, diante da falha, que nasce o ficcionista.

E isso nos diz respeito, onanistas senhores?

Sim, eu vos digo. Todos que por aqui passaram trataram a literatura, de alguma forma, como condição de enfrentamento das fragilidades, dos fracassos e da desonra. A proposta de Sartre a Simone é uma fuga de si, uma tentativa inútil de escapar do animal e da besta que habitam em nós.

Zombemos um pouco mais. Simone e Sartre gostavam de uma brincadeira, digamos, um tanto incestuosa. Eles flanavam pela Paris de Baudelaire sempre atentos *à une passante*. Quando alguma "fidalga ágil e fina" despertava nos cônjuges "a doçura que encanta e o prazer que assassina", eles usavam de toda a malícia, inteligência e do poder do segundo, terceiro e quarto sexo para encantar a *moça*. A indefesa ninfeta embevecida se tornava a *protégée* do lascivo casal. Pagavam suas despesas, ajudavam em sua formação e educação, levavam-na em viagens, cafés, teatros, exposições, filmes, e, por fim, dividiam numa conchinha existencialista o corpo e o gozo da *petite*. Essas meninas-cativas se tornaram mote filosófico-literário para os livros de Simone.

(E por muito menos você foi demitido, Jacques.)

Marotos colegas, alguns anos depois, um cativante personagem entra em cena nesse ménage: Claude Lanzmann, o grande documentarista e cineasta francês. E esse diretor-performer--escritor, que se entranhou mais profundamente — mais até do que o Inferno descrito por Dante — na podridão do ser, e nem sequer alcançou a superfície do que de fato aconteceu na Shoah, foi também um dos *protégés* do casal. É hilário e deveras humano imaginar o cavaleiro das sombras de Auschwitz esquentando seus pezinhos calejados na cama dos amantes-existencialistas.

Recontando, revivendo e se gabando da própria história com a "sua" Simone, anos depois do falecimento dos amantes-castos, Lanzmann escreve seu devaneio autobiográfico intitulado *A lebre da Patagônia*. Apesar de se expor e de, em muitos momentos, revirar e regurgitar o lixo e os dejetos da moral, da ética e da comiseração humana, ao falar das proezas do homem durante o extermínio sistemático dos judeus na Segunda Guerra, o cineasta nega a sua atuação passiva nas estripulias sexuais do casal-imaculado: "Por que teríamos algum ciúme entre nós? Afinal, quando comecei o meu amor com Simone, ela já não tinha nenhum relacionamento sexual com Sartre. Eles não fizeram amor sequer por uma vez. Isso teria sido insuportável para mim. Eu nunca poderia compartilhar uma mulher que eu amava."

Peçonhentos colegas, absolvam-me de antemão pelo tripúdio funesto que proferirei — eu perco o prêmio, mas não posso perder a devassidão. Acho que Lanzmann na verdade pensou: "Falem de Auschwitz, o 'ânus do mundo' — lembrando de Himmler —, mas não falem do meu orifício e nem da minha virilidade."

Mesmo tendo incursionado pela latrina humana durante os quatorze anos em que inventariou e concebeu *Shoah*, Lanzmann não admite brincadeiras com sua macheza e hombridade, e ainda tem ciúmes da ex! É isto um homem, *se questo è un uomo*, enciumados companheiros. O homem que, apesar de tudo e de todos, ainda resiste em suas incongruências, rabugices e pequenices.

O cineasta não era afeito à sodomia praticada por Canetti e suas concubinas. Será que seguia a Bíblia? "Não haverá sodomita dentre os filhos de Israel." Jamais. (Já era, Jacques. *Désolé*.) Isso parece — e aqui faço uma análise psicanalítica *kitsch*, mesquinha e cruel — ter uma explicação subterrânea. Em *Lebre*, o cineasta revela a sua fúria recalcada: "Minha mãe sempre odiou meu pai, pois ele a sodomizou na noite de seu casamento." Foi por isso que ele nunca admitiu sua participação na cama de Sartre e Simone. Também por isso, e não pela Shoah, que Lanzmann nutriu uma fervorosa repulsa pelo ser humano. Por isso, e não pela Shoah, que desmereceu, desprezou e desvirtuou quase todos os que o receberam gentilmente. Foi sobre essa horrenda recordação que ele fundou sua vida e obra.

Perdoai-me, detratores colegas. Isso são apenas denúncias criminosas e obscenas deste que vos fala.

E essa história ainda se multiplica, exegetas senhores. O estrábico Sartre se engraçou pela irmã de Lanzmann, Évelyne, que também teve um *affaire* escondido com Simone de Beauvoir. Évelyne, a atriz "bela e radiante", conheceu e se envolveu com Sartre durante a interpretação de *Entre quatro paredes*. E aqui desconhecemos, mais uma vez, os labirintos limítrofes entre a ficção e a invenção.

Nessa peça — faço uma breve e supérflua explanação —, escrita pelo próprio Sartre, havia uma trindade: Garcin, Estelle e Inês. Eles, culpados cada qual por um crime diferente, foram condenados a viver nesta versão sartriana do inferno: um quarto fechado onde os três permaneceriam confinados por toda a eternidade, só podendo ver a si mesmos por meio do olhar dos outros, incapazes de compreender e aceitar as próprias fraquezas e mazelas. "O inferno são os outros", agônicos senhores — o inferno são os senhores.

Lanzmann escreveu, anos depois, sobre o momento em que os olhos de Sartre e Évelyne se encontraram: "Uma história entre Sartre e Évelyne era inevitável, tudo concorria para isso, o gosto de Sartre pela sedução, a inclinação de minha irmã pela filosofia — era necessário um pensador da estatura de Sartre para curar as feridas abertas por Deleuze —, mas também a simetria em espelho entre a relação do irmão com Simone de Beauvoir e a que a irmã teria com Sartre." O encontro entre Évelyne, Sartre e Deleuze foi condenado ao inferno. Ao inferno sartriano e ao Segundo Vale de Dante: o Vale da Floresta dos Suicidas.

Nós sabemos muito bem, senhores, como é habitar o inferno: a Academia, os pares, a vaidade, a solidão, a busca dilacerante pelas palavras não escritas.

Évelyne também viveu nos vales dantescos, em constante dor e numa depressão profunda. Se Iris Murdoch gostava de um Nobel, Évelyne se atraía por filósofos. Quanto mais perturbado e manipulador, melhor. Antes de viver Estelle — a *bourgeoise* que assassina o bebê que teve com o amante, tentando loucamente se furtar da própria consciência e da eterna culpa — em *Entre quatro paredes*, ela buscou se curar da rejeição dolorosa de Gilles Deleuze. A narrativa de Lanzmann assume a responsabilidade por mais esse trágico encontro: "Évelyne veio passar uns dias de férias em Paris. Foi por meu intermédio que Gilles

Deleuze e ela se conheceram. Tive a sensação, pelo primeiro olhar que trocaram, de ser uma testemunha impotente do inelutável. Ela tinha dezesseis anos, corpo de pin-up, imensos olhos azul-cobalto, um belo nariz semita. Fazia meses que eu não via minha irmã, a adolescente angulosa e desajeitada tinha se tornado uma mocinha atraente, radiante de inteligência, de vivacidade e de humor. Ela se apaixonou por Deleuze logo às primeiras palavras que ele pronunciou, apaixonada pela filosofia, pela ironia e pelo riso metafísico, inseparáveis nele das grandes bofetadas de desvendamento do mundo com as quais varria a tolice."

O tempo perdido norteou a escrita de Lanzmann. Assim como nós, falsários memorialistas, ele buscou alguma compreensão para expiar sua culpa e assimilar a incongruência do autoextermínio dos amantes. Escreveu também para aliviar o sofrimento pela transgressão e para remodelar a história. Ele, o único sobrevivente, herdou o arbítrio de controlar as reminiscências dos outros, adulterando-as ao bel-prazer da literatura.

Mas tudo se mistura, se entrelaça, se putrefaz. Ninguém sai imune. Ninguém permanece incólume. Évelyne, não suportando o peso de ser, de existir, de se enxergar pelos olhos do outro — esse outro que a rejeitou —, põe fim em sua própria vida. Deleuze, o teórico forte, robusto, feroz, idolatrado por muitos, mas um homem fraco, débil, impotente, também acaba com a sua.

Então me aproximo da covardia do filósofo da *Lógica do sentido*. Ele também nunca teve coragem e dignidade de colocar um fim respeitoso em sua relação com Évelyne. O exímio pensador político de *Mil platôs* apenas foi capaz de enviar uma carta covarde e amedrontada, fugindo dos olhos e do encontro derradeiro com a namorada. O rizomático criador da *Diferença e repetição* teve ainda a petulância de pedir a Lanzmann que terminasse em seu nome o romance com Évelyne. Ele, citado por muitos laureados aqui como um "mentor" teórico, se matou em 1995, com o sangue da jovem atriz escorrendo pelas suas mãos.

Trépidos senhores, vejam como de fato se portaram nossos pensadores canônicos. Reparem em que se fundamentaram nossos alicerces filosóficos contemporâneos. Atentem-se aos depositários do saber, aos peritos teóricos da alma e da moral, às autoridades da razão, das letras e das humanidades. Perdoem-me pela minha exaltação e pelos meus bramidos: mas são escritores e pensadores dessa estirpe que os senhores agraciam nesta casa. São esses os seus representantes honoráveis e honrosos. São esses infames que os senhores vêm condecorando ao longo dos anos... e é um deles que acabam de premiar.

Devo à França a minha formação literária. Foi lá que li todos esses teóricos e que nasceu em mim o desejo avassalador pela escritura. Sem minha passagem por Paris, não estaria aqui recebendo esta glória. Mas não se enganem. Não foram as migalhas e as toleimas teóricas que me fizeram escrever. Foram minhas surubas, minhas indiscrições, minhas covardias, minhas infâmias. É aí que abraço Sartre, Simone, Deleuze, Évelyne e Lanzmann.

Quando saí do meu país, cheio de sonhos e de vontades, mas com muitos medos e receios, deixei um porto seguro por lá: a minha noiva. Eu precisava, patéticos senhores, de alguém para me apoiar na difícil fase de adaptação em outro país. Falávamos sempre, e sempre ela estava ao meu lado nos momentos de aflição e angústia. Sempre com palavras de carinho, de afeto, de amor.

Mas lentamente meus olhos se adaptavam aos novos e belos horizontes parisienses. Meu desejo pelas francesas se tornou bestial. Que alegria, amigos. Que fulgor! Paris era de fato toda essa festa cantada pelos escritores. Paris representou o encontro da minha esbórnia moral. Da suruba intelectual. Da anarquia da decência. E, à medida que meu encanto crescia, mais eu me escondia da minha noiva. A frequência de contato ia diminuindo, e eu me protegia dizendo que estava entupido pelas bestices acadêmicas.

Fui covarde como Sartre. Fui imaturo e baixo como Deleuze. Fui estúpido como Lanzmann. Eu desapareci e deixei a coitada sem explicações e razões. Ela me procurava inutilmente. Essa minha Évelyne se desesperou, se desnorteou, perdeu a própria noção de si e de toda a realidade que a cercava. Começou a me escrever cartas descompensadas. Ilógicas. Perdidas no tempo. Me escrevia do café dizendo que aguardava minha chegada. Do cinema, dizia que o meu lugar já estava comprado. Me mandava mensagens de sua cama, já me aguardando com as lingeries de que eu tanto gostava. Ela me enviava fotos íntimas e áudios de seus gozos. Dizia que passeava comigo todos os dias. Que estávamos felizes juntos e que morávamos em um novo lar.

E o que eu fiz, companheiros, quando descobri que esse "novo lar" era um sanatório? O que eu fiz quando soube que a coitada babava e gritava o meu nome durante as noites de suplício? O que eu fiz quando me disseram que ela tentou visitar-me no inferno? No inferno dos suicidas? O que eu devia e podia fazer, nobres comparsas?

Ficção.

Eu a engrandeci, desonrosos colegas. Eu a transformei em literatura. A literatura pela qual os senhores me premiam. A partir da desgraça, da ruína e da doença de minha ex-amante, me embriaguei e escrevi livros. E tenho sido reconhecido e idolatrado por isso.

Minhas vogais estão soterradas da seiva e do sofrimento dos que um dia caminharam comigo. E estou sozinho neste inferno, como conclamou o também laureado T.S. Eliot: "What is hell? Hell is oneself. / Hell is alone, the other figures in it / Merely projections. There is nothing to escape from / And nothing to escape to. One is always alone."

A verdade, malditos senhores, é que estamos todos sozinhos... e num inferno do qual não podemos escapar.

Chega. Chega. Chega!
Poupe-nos de suas tolices.
Nós também estamos no inferno.
Hipócrita. Que fique sofrendo no Sexto Círculo, vestido com essas pesadas capas de chumbo dourado. Afundado em piche fervente.

Senhores suicidas,

Este, sim, é um tema profundo. Polêmico. Relevante. Albert Camus, agraciado nesta casa "por sua importante produção literária, que, com uma visão clara, ilumina os problemas da consciência humana em nosso tempo", nos fez refletir sobre o ato derradeiro perpetrado por Évelyne, Deleuze, minha ex-noiva e tantos outros. Para o argelino, "só há um problema filosófico verdadeiramente sério: é o suicídio. Julgar se a vida merece ou não ser vivida é responder a uma questão fundamental de filosofia".

E qual é a nossa resposta? Será que Évelyne, devastada pela rejeição, e Deleuze, moribundo e angustiado diante de um câncer terminal, puderam refletir e encarar essa questão? Quem tem consciência para se defrontar com o último e único mistério da vida? Quem poderá nos assegurar que há algum sentido na morte? Será que as palavras, a literatura, o ego, os prêmios, os amores, as lutas, os sofrimentos e tudo mais que nos trouxe a este recinto, assolados senhores, têm algum significado? Por que não conclamamos um suicídio coletivo numa sessão de entrega do Nobel?

Para Camus, "o suicídio nunca foi tratado senão como fenômeno social. Um gesto como este prepara-se, tal como acontece com uma grande obra, no silêncio do coração. O próprio homem o ignora. Uma bela noite, dá um tiro ou atira-se à água. Matar-se, em certo sentido (e tal como no melodrama), é confessar. É confessar que se é ultrapassado pela vida e que a não compreendemos". O que pensar sobre esse epílogo? Confissão? Afronta ou apego cultural, institucional e religioso?

Libertação das almas atormentadas? Ou apenas, perdoem-me a linguagem, um grande foda-se? Um *fuck off*? Um *va te faire fourtre*? *Dra åt helvete* para tudo e para todos?

Egrégios senhores, convido-os a dialogar um pouco com aqueles que, mesmo incompreendidos, "confessaram". Escutemos um pouco o bramido dos laureados que, em desespero ou em louvor, gritaram. Como anjos amaldiçoados, invocamos as preces de Rilke — "quem, se eu gritasse, entre as legiões dos anjos me ouviria?" — a fim de apreciar o clamor dos escritores-suicidas que neste tribunal estiveram.

Ernest Hemingway recebeu sua coroa "por seu domínio da arte da narrativa, demonstrado em *O velho e o mar*, e também pela influência que exerceu sobre o estilo narrativo contemporâneo". Mas falar sobre o visível não é o meu objetivo. Eu me interesso, e homenageio, as memórias do subsolo e as profundezas. Lá dentro, cravadas, enterradas e enevoadas, asseguro, estão todas as palavras que um dia contribuíram para a presença dos escritores neste zoológico nobélico.

A obra de Hemingway foi apenas uma procrastinação do suicídio; essa era a sua legítima pulsão literária, senhores. As palavras forjadas, os conflitos inventados, as tramas fabricadas marcharam junto ao seu desejo e ao medo constante do suicídio. A mesma literatura que o salvou também o sentenciou, exigindo implacavelmente seu óbolo.

Meu irmão Hemingway passou a vida tentando compreender seus resquícios e seus recalques. A construção de sua infância, pederastas senhores, não foi repleta de palavras e sonhos. Não foi habitada pela beleza dos livros, nem por mundos encantados e míticos. Sua infância não foi ensaio, não foi rascunho, não foi fábula. Foi uma experiência de sofrimento. De dor incisiva e perene. Da mãe, Ernest herdou o transtorno, a bipolaridade, e o desespero. Também colheu a instabilidade sentimental, a falta de carinho e cuidado, a embriaguez violenta e paralisante. Ernest odiava a mãe: *that bitch* — "aquela vaca" que o amaldiçoou com a vida. Vida essa que ele insistiu em colocar todos os dias numa balança. Numa roleta-russa.

(Explico ou narro demais? Meu tom é professoral? Faço uso de artifícios insolentes? Sim, é verdade. Faço isso pois os considero — e me considero — seres medíocres.)

As lembranças que Ernest tinha da mãe são dolorosas. (E de quem não são, édipos colegas?) O sofrimento que ela lhe infligira lapidou sua concepção de arte. Ela tinha uma perversão *sui generis*: vestir o pequeno Ernest como uma *dutch dolly* — uma "bonequinha alemã". (Eu me delicio com esses tripúdios.) Por ter se transformado nesse fantoche travestido, nessa marionete de horror, nesse autômato especular da mãe, Ernest se transtornou para sempre.

(Que análise ridícula, Jacques. Recebeu o Nobel e agora acha que virou o Freud?)

E, para criar um outro personagem de si, teve que se edificar, migalha por migalha, resquício por resquício, como um escritor macho, másculo, vil e invencível. Sedento por sangue, por briga, por morte e por guerra. Desde pequeno, o jovem-boneca se atraía pelo poder das armas, das rinhas de animais, da matança de bichos, pelo brilho e esplendor do sangue. Em cada olhar desprovido de vida, habitava o seu desejo de assassinar a mãe.

(O escritor é um ser arrogante e sovina: além de investigar as mazelas da alma, constrói e replica teorias insensatas e ininteligíveis sobre outros autores e personagens. Eu, ao tentar entender a relação de Hemingway com a mãe, busco compreender a minha relação antípoda. Se ele quis assassiná-la, eu desejei deitar-me com a minha. Nunca sair do colo, dos braços e da proteção dos meus pais. Nossas prisões, Hemingway, são semelhantes e cruéis. Se a sua mãe te expunha ao ridículo ao fantasiá-lo de boneca, a minha me constrangia ao sentar-se do meu lado em todas as aulas e cursos a que eu assistia, durante a minha infância. Se a sua mãe te impossibilitou do convívio social e te infundiu o amor às armas, a minha me impeliu a pensar nela durante todas as relações sexuais que tive, que tenho, que terei. Por isso são todas incompletas e malditas.)

Nós te oferecemos o grande prêmio, mamães.

Já o pai de Ernest tampouco foi carinhoso. Seu cuidado e seu amor manifestavam-se por meio de surras, espancamentos, castigos e torturas. Porém foi seu epílogo que marcou para sempre as inconstâncias de Ernest. O maldito pai, jamais permitindo que o jovem escritor o superasse, matou-se sem nenhum adeus. Ernest nunca compreendeu o ato exemplar perpetrado pela figura adulterada de pai. E, descompensado, desequilibrado, ignorante e sozinho, o filho passou as aflições da sua existência culpando a mãe pela morte paterna.

Lacanianos colegas, antes de executar o tiro certeiro, Ernest homenageou a tradição literária. Vestindo seu robe favorito, a bonequinha alemã reconstruiu a cena clássica de Shakespeare em que Cleópatra se mata ingerindo veneno. "Dê-me o meu manto, coloque a minha coroa, eu tenho anseios imortais em mim." Ernest com o robe, com a arma e com toda a sua erudição mergulhou na imortalidade alcançada pelo dramaturgo inglês.

Ernest sentiu tesão pela pistola que o matou. (O mesmo tesão que eu sinto ao adulterar a cena.) Reviveu seus sórdidos prazeres e sua falsa criação viril-hétero. Naquele frágil intervalo da compressão do gatilho, Ernest enfrentou sua alma e sua autocomiseração diante do falo ferido na guerra. Ele abraçou o sofrimento impelido por seus pais... e essas foram as cenas responsáveis pela única e última lágrima derramada. Nesse lapso em que o dedo começa a enfrentar uma pequena resistência ante o clímax do gatilho, ele soube o que sempre ansiou. Era o epílogo de sua narrativa. Às sete da manhã, sua obra foi concluída.

Seu posfácio foi uma inscrição. Inscrição feita com o sangue que escorria pela sua têmpora, com o odor da pólvora que sublimava acima de seus olhos, com os resíduos do seu cérebro que escorriam no solo sagrado da literatura.

Uma morte, senhores, uma morte que endossou as palavras entoadas em vida. Uma construção sem carta formal de adeus. Sem nenhuma explicação, nenhum poema e nenhum cântico reconfortante. Cruel, e ponto.

Maldito. Maldito. Maldito!
Não queremos ouvir mais sobre isso. Não. Não aqui.
Vá. Vá se deitar com sua mãe. Ela já vem te visitar.
Seu suicida. Que te transformes em uma árvore sombria e retorcida.

Injuriados senhores,

Aqueles últimos segundos, aquela fração ínfima de tempo em que a consciência, ainda presente no ser que respira, se separa em direção ao buraco negro do mistério, ninguém, em tempo algum, poderá acessar. Somos capazes apenas de especular se o suicida teve sua dor, desespero e sofrimento sublimados pela beleza, alívio e repouso que buscava desesperadamente naquele microscópico fragmento, ou se, no derradeiro respiro, arrependeu-se.

Usufruo da minha petulância, do meu falso poder e autoridade enquanto escritor para falar do que desconheço. Mas que me encanta. (E, se não quiserem ouvir minhas pobres explicações, azar dos senhores. Eu ganhei o Nobel, é meu direito falar a asneira que desejar.) No Japão, há várias categorias honrosas de *seppuku*: o conhecido suicídio ritual. Sensível às diversas manifestações de autoextermínio, a língua japonesa apresenta muitos termos para formas específicas de *shi*, ou morte. *Shinjū* é a palavra poética usada para o suicídio fruto de um pacto entre amantes. *Roshi* refere-se à morte por velhice, enquanto *gokuraku-ojo* é a morte de uma mulher causada pelo prazer de relações sexuais prolongadas. *Senshi* é a morte na guerra; *junshi* designa o suicídio de um guerreiro que segue e louva seu senhor até as profundezas da sepultura.

Senhores nipônicos, a morte ressoa um apogeu poético da vida.

Eu me fascino pela literatura e pela filmografia que corrompem o haraquiri impetrado pelos samurais adeptos da arte do *Bushido*. Também me emociona a morte-ritual realizada pelos *kamikazes*, que se mataram como armas e mísseis humanos ignorantes, em nome do imperador. Minha literatura é a cópia *ipsis litteris* do *jisei* — poema sobre a morte ou o "adeus à vida" deixado pelos apaixonados suicidas.

(Ainda me lembro com volúpia da visita ao Japão. Após uma série de palestras que realizei em algumas universidades, pedi para que me levassem ao submundo. Lá me deliciei com as desonrosas gueixas contemporâneas, com as bonecas sem vida e com as casas de carícias e massagens. Eu, que sempre fui avesso a jogos eletrônicos, gastei todo o meu cachê nas máquinas que vendiam roupas íntimas e usadas das ninfetas japonesas. Que delícia aquele odor de *sashimi* nas lingeries — essa é a minha verdadeira *madeleine*. Acreditem — e sintam a fragrância das raparigas e cerejeiras em flor —, senhores:

estou trajando uma dessas calcinhas. Virou meu objeto de sorte. Do Japão, conservo o aroma e o sabor das mulheres que nunca vi.)

Em 1968, Yasunari Kawabata foi agraciado "por seu domínio narrativo, que com grande sensibilidade expressa a essência da mente japonesa". Bravo! Ele, dono de uma técnica e de uma poética sensíveis a imagens e cores, compôs seus livros como quem pintava um quadro surrealista. Influenciado pela literatura ocidental, pelas narrativas breves, mas sem nunca se esquecer de usar e abusar das lendas e dos mitos japoneses, Kawabata foi sacralizado por esta instituição... e logo em seguida, senhores, ele se matou.

O Nobel de Kawabata reflete sua qualidade literária, mas também comprova o jogo político e mesquinho que faz parte da Academia e da literatura. Esse galardão não representou o que havia de melhor nas letras nipônicas; foi apenas uma forma de homenagear uma cultura inacessível aos olhos ocidentais. Kawabata não era superior a Yukio Mishima, Jorge Luis Borges, W. H. Auden, Graham Greene, Vladimir Nabokov, Eugène Ionesco, Simone de Beauvoir, autores indicados nos anos em que Kawabata começou a circular nas listas dos possíveis vencedores.

(Aqui faço colocações miseráveis, falsas e canalhas.)

O momento épico do escritor japonês ocorreu em 1972. Numa cena nada poética, que não se assemelhava à contemplação literária de suas belas imagens e sentimentos, o *sensei* foi encontrado com uma mangueira de gás enfiada na boca. Um fim nada glorioso, tampouco ritualístico, para sua obra. Assim como Hemingway, Kawabata vestia os trajes de que mais gostava para compor sua indigna pintura: um quimono branquíssimo e elegante, que dissonava da mangueira de gás fétida e enferrujada, do cheiro pútrido de álcool e vômito e da boca despedaçada espumando gosma e muco.

Hesitantes senhores, friso que o mais assombroso dessa cena foram os olhos e o semblante de Kawabata: eles não ostentavam nenhum tipo de serenidade, paz ou sossego, nem mesmo libertação. Eram inquietantes e perplexos. Perfurantes. O mestre se dirigia à eternidade e à escuridão compondo um epílogo mesquinho e indecoroso.

Defensores disseram que ele e o amigo Yukio Mishima "encaravam a morte como a quintessência do belo." Uma busca, uma procura, uma passagem em direção a algo superior. Mas polemizo: ao se matar, ladinos senhores, Kawabata não realizou uma performance artística como fez Mishima. Em sua cena derradeira, não se percebe nenhuma representação da "quintessência do belo". Seu último quadro esculpido atesta seu desespero, sua frustração, seu terror e sua angústia diante da vida.

Em *A casa das belas adormecidas*, Kawabata desnudou as suas profundezas: a ambição, a cobiça, o tesão pelo corpo e pelo silêncio de uma ninfeta. Também dialogou com o livro-despedida *Memória de minhas putas tristes*, de Gabriel García Márquez. Nessas confissões-invenções, ambos enfrentaram a questão da velhice, das limitações, do desejo e do recalque. E fizeram também — assim como eu — uma apologia à perversão de Nabokov, Carroll e de suas lindas e desejosas Lolitas e Alices. (Meus amores.)

Maledicentes confrades, como aprecio as Lolitas e as Alices. Como *escreviver* sem elas? Sem essa possibilidade e pulsão literárias? Anos atrás, sonhei por muitas noites com um bordel encantado. Nesse lugar, nós escritores, já idosos, passávamos as noites acompanhados por jovens mulheres despidas. Elas, as belas adormecidas, obrigadas a ingerir uma medicação, permaneciam desacordadas durante as nossas visitas exploratórias. Abusávamos do corpo sonâmbulo dessas mulheres anônimas.

Eu jamais conseguia concretizar o ato sexual. Pesadelo que se repetia. Ao me aproximar do objeto-desejo-entorpecido, eu me emporcalhava de líquidos, de essências, de palavras, silêncios, poemas e pecados, mas nunca realizava o ato. Hoje entendo esse sonho como uma metáfora da própria literatura, senhores. A pulsão, a vontade quase doentia de tocar, de chacoalhar, de sensibilizar o leitor e o mundo, de buscar o objeto e *a* coisa, porém sem nunca ser capaz de alcançá-los. Sem jamais conseguir controlar o acontecimento e a falha.

Jacques-Eguchi, protagonista do livro, visita o leito das ninfetas entorpecidas durante cinco noites não consecutivas. Tudo é descrito: os pensamentos e desejos do protagonista, o tesão, a culpa, o devaneio, as indiscrições. Tudo é capturado: a fotografia do quarto, a pintura da cena, os odores transgressores... cada gesto, cada pequeno movimento, cada breve respiração das belas ninfetas é sentida. O mestre-narrador explorava o meu inconsciente. Perscrutava e exorcizava os meus medos e inquietações.

E também o meu desejo: "Jacques-Eguchi afrouxou o braço que apertava a garota com força, abraçou-a com carinho e ajeitou seus braços nus de modo que ela o enlaçasse. E ela o abraçou docilmente. O velho manteve-se nessa posição e permaneceu quieto. Fechou os olhos. Aquecido, sentia-se num deleite. Era quase um êxtase inconsciente. Parecia compreender o bem-estar e a felicidade sentidos pelos velhotes que frequentavam a casa. Ali eles não sentiriam apenas o pesar da velhice, sua fealdade e miséria, mas estariam se sentindo repletos de dádiva da vida jovem. Para um homem no extremo limite da sua velhice, não haveria um momento em que pudesse se esquecer por completo de si mesmo, a não ser quando envolvido por inteiro pelo corpo da jovem."

Na literatura, senhores, sinto-me alvejado e protegido nos braços dessa inanimada ninfeta. Sempre me recordo e revivo o cheiro e o gosto vívido do sexo em minha boca. Sinto os meus lábios lambuzados da seiva amarga.

Em seu discurso, Kawabata nos brindou com o paradoxo: "No entanto, por mais alienado do mundo que alguém possa ser, o suicídio não é uma forma de iluminação. Por mais admirável que o homem seja, aquele que comete suicídio está longe de um reino santo. Não admiro nem sou simpatizante do suicídio. Mas, entre aqueles que dão pensamentos às coisas, há alguém que não pense em suicídio?"

Nobres colegas, o escritor anteviu seu ato decisivo e vergonhoso. De contradições e extremos são feitas a vida, a obra e a literatura dos escritores. Kawabata se suicidou pela sua fragilidade, pela perda de pulsão e pela impotência de seu depauperado corpo. Seu nobre ofício literário, já cambaleante e degradado nos últimos livros, não se equiparava ao seu bestial e poderoso desejo pela palavra vivaz e solene.

Equivocados senhores, sou culpado. Minha digressão — a de degradar a vida dos autores por intermédio de suas obras — é condenável. Amaldiçoem-me, mas não retirem meu ouro.

Sentimos um prazer mórbido ao falar sobre o subterrâneo das pessoas. Porém, nas atas desta instituição, nunca circulará nada de desprezível acerca dos escritores eternizados com o Nobel. Ficarão sublinhadas apenas suas célebres obras. Eu vos ofereço algo diferente: a convulsão. Em meu discurso, "a pureza, o vigor e a majestade", normas explícitas da Academia sueca para a consagração, foram subvertidos em infâmia. Meu miserável pronunciamento, que os senhores tentarão a todo custo apagar, será inesquecível. Um discurso herético: síntese da essência humana. Aqui abraço o laureado e condenado por plágio, Maurice Maeterlinck: "Quando chegamos a um certo momento da vida, há mais prazer em dizer a verdade do que coisas para impressionar", e me compadeço com as cópias e citações indevidas do discurso de Bob Dylan.

Dissimulados profetas, um viva ao plágio, às fraquezas e às depravações literárias. Um viva à pena.

(Confesso: não escrevi os meus três primeiros livros. Roubei-os de um amigo que se matou na faculdade. Éramos colegas de engenharia, e eu invejava a delicadeza, a astúcia e a sensibilidade com que tecia letras, lembranças e números. Apaixonado por Bertrand Russell, me confiou seus livros antes de se suicidar. Ele me fez prometer que o tornaria conhecido. Que daria os direitos autorais dos livros aos seus pais. Que faria discursos em seu nome. Em sua glória. Não o fiz. Também não dedico este prêmio a sua memória. Os louros, afinal, são do descobridor ou do inventor?)

Convido Osamu Dazai, o "poeta do desespero", a compartilhar as próximas linhas do meu discurso. O samurai do alcoolismo, do vício em narcóticos e dos muitos casos e surubas extraconjugais conseguiu se matar em 1948 — após quatro tentativas. Sim, colegas, foram quatro tentativas. Toda a sua produção foi uma longa nota de suicídio: "Completá-lo significa a liberação há muito tempo esperada da minha dor de existir."

Ao vasculhar as profundezas do desconhecido, o escritor nos revelava o vale das sombras. Aos dezenove anos, após uma overdose de pílulas para dormir, investigou a escuridão e o mundo dos sonhos. Anos depois, aspirando a uma jornada diferente da primeira, tentou se afogar acompanhado da namorada. Convenceu a jovem garçonete a acompanhá-lo pela eternidade. Infaustos senhores, apenas a garota morreu. Dazai, então, mergulhado em sofrimento estético e literário, compôs, com sangue, furor e culpa, seu livro *Memories*. Mas isso não lhe bastava. Logo em seguida, cortejando o sufocamento das palavras, das lembranças e da culpa, tentou se enforcar em Kamakura. Defrontado com a experiência da asfixia, produziu alguns de seus livros mais excitantes: *Flowers of Buffoonery*, *False Spring* e *The Late Years*.

Todo ato sexual — assim como a escrita de um livro — é uma pequena morte, senhores. E há que se entregar totalmente aos personagens. Ele coagiu a esposa, Hatsuyo, a se matarem durante o ato sexual. Sobreviveram, e esse prazer mortal transformou-se em mote para quase dez livros.

Mas a pulsão de amor com a mulher acabou, e outras amantes foram convocadas para a cena final. Dazai desapareceu com sua nova amante. Seu *jisei* — o bilhete suicida — foi encontrado ao lado dos corpos que jaziam no canal de Tamagawa. Louvemos o semblante final de Dazai: assombrado, atônito e boquiaberto. Parece que ele mesmo não acreditou quando a morte, sua companheira de uma vida, apoderou-se de seu ser.

Senhores embusteiros, o que ele sentiu, o que ele temeu e como ele gozou ao beber a última gota de água que encharcou para sempre seus pulmões é a essência inalcançável da literatura. Na carta de despedida intitulada *Adeus* (que óbvio, Jacques, você podia ser mais criativo), Dazai confessou odiar todo o processo de composição e escrita. Aos trinta e nove anos, o escritor conhecido como "grande vizir do zen budismo negativo" constatou toda a inutilidade, repugnância e perversidade da literatura.

Se essas mortes, digamos, secundárias marcaram a literatura japonesa, incluindo a de Kawabata, foi a vida de Mishima que colocou em xeque toda a estrutura psíquica e artística de uma cultura. Carnífices colegas, Mishima foi o grande escritor do Japão. Não há dúvidas disso. Os senhores premiaram o samurai errado.

Titânico escritor, que não tinha medo da censura e das chantagens que sofria, embora elas fortemente o abalassem, Mishima se inventou ator, modelo, playboy, performer. (Hoje ele enviaria nudes para seus amantes.) Com uma produção vastíssima — livros, folhetos, filmes, peças de teatro, fotos —, o célebre autor fez de tudo para estar neste palanque, mas foi liquidado pela debilidade do Império japonês e pela indevida escolha do amigo.

Mishima, horas antes de se encaminhar ao seu maravilhoso *seppuku*, deixou uma última nota sobre sua mesa: "A vida humana é limitada, mas eu gostaria de viver para sempre." Seus cúmplices disseram que ele se matou graças à insatisfação causada pelo materialismo vazio e ao mal-estar espiritual diante da impensável derrota japonesa. Seus aliados manifestaram a sua intolerável dor face à inestética e grotesca renúncia de Hirohito ao título de "dinastia solar". Eu afirmo que ele se matou pois não foi considerado um deus criador e eterno.

(E é por isso que eu não me mato. Já sou um deus.)

Beócios camaradas, incapaz de frear o tempo, de imortalizá-lo e de transformá-lo em literatura, Mishima-Gray decidiu conservar para sempre sua juventude e beleza, suicidando-se de forma magistral. Ao vivo na televisão, com direito a sequestro, discurso, lágrimas e gritos, trajando sua impecável farda imperial, ao lado do sexy companheiro Morita, Mishima seguiu à risca o ritual exótico e horrendo do *seppuku*. (Eu assistia ao vivo, e vibrava como numa partida de futebol.) Nesses últimos e sanguinolentos instantes, o japonês alado sentiu o que já havia pressagiado em seus livros: "Uma dor fulgurante do golpe de sabre nas entranhas, que equivale à bola de fogo; ela se irradia nele como os raios de um sol rubro."

Destemidos senhores, que cena cinematográfica! Que fim mítico e terrível. Que forma transcendental de louvar a literatura. Marguerite Yourcenar também se comoveu com essa cena (como eu gostava do canto francês próximo ao gozo — *oui, oui, oui, mon chéri Jacques*): "E agora, reservada para o fim, a última imagem e a mais traumatizante; tão perturbadora que raramente foi reproduzida. Duas cabeças sobre o tapete, sem dúvida de acrílico, da ala do general, colocadas uma ao lado da outra como quilhas, quase se tocando. Duas cabeças, bolas inertes, dois cérebros que o sangue não mais irriga, dois computadores interrompidos em sua tarefa, que não mais selecionam nem decodificam o perpétuo fluxo de imagens, impressões, incitações e respostas que a cada dia atravessam aos milhões um ser, formando todas juntas o que se chama a vida do espírito, e mesmo a dos sentidos, e motivando e dirigindo os movimentos do resto do corpo. Duas cabeças cortadas, que partiram para outros mundos onde reina uma outra lei, que, quando as contemplamos, produzem mais espanto do que horror. Os julgamentos de valor, sejam morais, políticos ou estéticos, ficam, na presença dessas cabeças, pelo menos momentaneamente, reduzidos ao silêncio. A noção que se impõe é mais desnorteadora e mais simples: entre as miríades de coisas que são e foram, as duas cabeças foram; elas são."

Com o ventre perfurado e devassado e a cabeça cortada e destituída de sentido, Mishima atestava, em vão, a excepcionalidade e o delírio da alma nipônica.

Eu vos pergunto em súplica, injuriosos senhores, quem foi Mishima? Por que ele nos presenteou e nos afrontou com tal obra? Por que esses escritores suicidas nos brindaram com a injúria da glorificação da morte e da escrita?

Segurem ele. Rápido.
Corram. Remédio.
Ninguém. Ninguém merece morrer. Ninguém merece viver.
Seu falsário. Que sejas punido com úlceras fétidas e doenças eternas.

Desocupados senhores,
Para os que estão aí na plateia fofocando e, além das blasfêmias e infâmias, me acusando de uma leitura rasa, falaciosa, labiríntica e opaca da literatura e da biografia dos laureados, não se esqueçam de que estas minhas palavras fazem parte de um discurso, e não de um estudo crítico literário. Que os senhores, que a crítica e os críticos se explodam!

(Imundos. Imundos. Imundos!)

Eu confesso: nunca escrevi nada original nem relevante. Não seria hoje que o faria. Sou apenas um copista, senhores. Um dos piores copistas da história literária. Como disse Barthes, antes de ser atropelado por um furgão de tinturaria, dando cor aos seus princípios: "O escritor só pode imitar um gesto sempre anterior, jamais original; seu único poder está em mesclar as escrituras, em fazê-las contrariar-se umas pelas outras, de modo a nunca se apoiar em apenas uma delas; quisera ele exprimir-se, pelo menos deveria saber que a 'coisa' interior que tem a pretensão de traduzir não é senão um dicionário todo composto, cujas palavras só se podem explicar usando outras palavras, e isto indefinidamente... o Autor, o *escriptor* não possui mais em si paixões, humores, sentimentos, impressões, mas esse imenso dicionário de onde retira uma escritura que não pode ter parada: a vida nunca faz outra coisa senão imitar o livro, e esse mesmo livro não é mais que um tecido de signos, imitação perdida, infinitamente recuada."

Eu me entrego: sou apenas um ficcionista. Um homem desses... dos avessos. E o que faço aqui é o que fiz ao longo de toda a minha obra: esquadrinhar e desvirtuar o dicionário de Barthes. Uma página em especial: a dos opróbrios.

Vivo aqui um momento de fama e desforra. Sou um imitador, um amanuense morto e inútil que não tem nenhum compromisso com a verdade, com a ética e com a moral. Também não pretendo redigir nenhum ensaio crítico sobre uma suposta Literatura Mundial, *World Literature*, *Weltliteratur*. Pro inferno com ela! Só estou aqui para me divertir. Para aproveitar este momento único. Quantos não estão me invejando agora? Quantos não venderiam a alma — ou a tem leiloado — para furar meus olhos? Quantos não estão me blasfemando e aguardando com fervor meus próximos trabalhos para, independentemente da qualidade, criticar e crucificar meus textos?

Perdoem-me novamente, imaculados senhores, mas fodam-se!

A partir de agora, eu não me importo mais. Depois de receber o Nobel, qualquer besteira pronunciada alcançará milhares. Saramago não sagrou-se o rei das patetices pós-prêmio? Günter Grass não foi desmascarado, vindo à tona seu lado nazista, anos depois de ter estado aqui? O certo, senhores, *é* que haverá sempre uma legião de fãs e de *haters* que nos seguirão e nos amaldiçoarão por qualquer ato ou palavra produzidos por nós.

Tenham certeza ainda de um fato: eu não me matarei. Não homenagearei Hemingway e Kawabata dessa forma. Azar o deles. Enquanto houver um centavo do dinheiro do prêmio em minha conta, enquanto eu puder viver do rendimento do Nobel, não há razão alguma para colocar um fim na minha vida. Não vejo nada de honroso e heroico nesse ato. Que me persigam os laureados suicidas, que perturbem meus sonhos e meus sorrisos com suas filosofias, suas seitas, suas crenças, suas concepções amarguradas e estéticas. Não acredito em nada disso. Vou me entorpecer com cada níquel do Nobel. Cada festa, cada viagem, cada olhar de desejo e de vontade de uma virgem. (Cada calcinha suja entregue pelos correios.) Eu me deitarei com todas as mulheres despertas; não precisarei dos subterfúgios que Kawabata e García Márquez criaram para sublimar a impotência.

O Viagra é o apogeu da ficção contemporânea, ineptos senhores.

A partir de hoje, perjuro, a literatura não mais me interessa, apenas a glória, os odores e os cânticos das ninfetas em minha cama. Se eu continuar interessado em literatura, em produzir algo forte, fantástico e vigoroso novamente, a dor e a angústia das letras me aniquilarão. Tenho certeza de que o sofrimento de colocar cada letrinha, cada pequena vírgula, cada reflexão e construção será multiplicado por mil. E o olhar perverso dos mesquinhos, dos amigos, dos opositores ficará ainda mais atento a qualquer deslize, digressão ou desacerto meu. Não quero viver assim. Sei que receber o Nobel é uma tentativa malsucedida de domesticação da obra e do autor. Um desejo de enquadrar, classificar, entender e propagar ideias que se encaixam aos pensamentos do status quo dos senhores, energúmenos acadêmicos. Mas vejo o prêmio que me concedem como a minha libertação desse obsessivo e egoico mundo literário. Se muitos agraciados não conseguiram produzir nada de relevante pós--Nobel, eu deixo claro que nunca mais escreverei nem uma receita de bolo. Nem um ínfimo bilhete deixado para minha amante na recepção de um motel. Nada. Quem sabe um outro copista fará meu trabalho?

Por favor, não se levantem. Tenho muito a dizer.

Helênicos senhores, muitos não devem saber, já que não ganharam o Nobel (*Je suis désolé*) mas, na medalha do prêmio, está descrita uma belíssima passagem do Canto VI da *Eneida*, do legendário Virgílio: *Inventas vitam juvat excoluisse per artes* — "Aos inventores das artes graciosas que a vida embelezam." (Sou agora um desses egrégios inventores, obrigado.) Nesse episódio de exuberância imagética e literária, Eneias visita Sibila e vislumbra eventos futuros e mistérios desconhecidos. Ele descobre como descer aos infernos, a famosa catábase: essa visita ao mundo dos mortos com o propósito de interpelá-los, obtendo assim alguma nova informação e conhecimento. Ulisses e muitos heróis gregos já haviam empreendido a catábase. Agora era a vez de Dante repeti-la.

> (Esse meu discurso, senhores, é a minha catábase, embora nunca tenha folheado *Eneida*. Sou um falsário: nunca li nenhum dos autores que cito. Foram eles os leitores da minha literatura. Um viva a mim! Venham, venham, venham comigo, amigos. Juntem-se a essas imposturas e deturpações.)

Parvos peritos, é Virgílio quem contempla os mortos e observa um relance da existência daqueles que alcançaram a verdadeira glória: grandes guerreiros, artistas inigualáveis, pessoas que viveram por meio do meritório legado que deram à humanidade. Ele fala da fama, da grandiosidade e da perpetuação após a morte. Da superação do esquecimento, que destaca esses nobres homens e que os inscreveu no panteão, atribuindo-lhes uma dimensão coletiva e magistral de um valor, de mais-valia, de relevância e de prestígio. A escolha do Nobel — agora excetuando-se a minha — resgata o sentido de uma contribuição científica ou artística que burla e trapaceia a própria morte. Que relativiza a insignificância e a volatilidade da vida biológica humana, na forma de descobertas que expandem nossa percepção. Que estende o domínio da humanidade sobre os obstáculos que se apresentam a ela.

Bravo! Que propósito louvável o nosso. Que homenagem mítica ao legado do Nobel. Que verborragia inútil e fraudulenta a minha.

Foda-se.
*Permita que os outros esquecidos **também falem**.*
Onde estão meus relógios?
Ira! Que fique imerso em um lago de sangue borbulhante.
Que seja alvejado e torturado.

Caribenhos senhores,

"Imagine me making love to you. What would I do? (...) Would you make love with me if I asked you?" [Imagine-me fazendo amor com você. O que eu faria? (...) Você faria amor comigo se eu te pedisse?] Essas foram as palavras que Derek Walcott, vencedor do Nobel de 1992, nunca escreveu. Que não ficaram registradas em nenhum livro de poesia, em nenhuma coletânea, em nenhum discurso em razão dos inumeráveis prêmios que recebeu. Mas foram essas as palavras que mais causaram alvoroço em sua carreira poética. Ele foi acusado de ter pronunciado esses doces versos para uma de suas alunas em Harvard, logo após uma disciplina que ministrou como professor convidado.

Aluna e professor se sentiram ofendidos e insatisfeitos, e o assunto ganhou proporções mundiais. Ela não aceitou a indecorosa proposta por considerar repugnante e absurdo esse tipo de assédio. (Ou por não achar o poeta atraente e discordar da tese de que obra e autor são a mesma coisa.) Mesmo apaixonada por seus poemas, sempre repletos de sedução, desejo e obsessão amorosa, não sentia qualquer atração pelo autor dos versos. O professor, ofendido pela rejeição de seu corpo-obra-poesia, puniu-a com um vergonhoso C, justificado pela carência de "forma e de ritmo em seu texto". Por não ter sido capaz de compreender que a poesia não se afasta do poeta, ela mereceu aquela avaliação ruim. Um resultado medíocre para uma estudante que havia impetrado um ato de enfrentamento.

A Universidade de Harvard, famosa por encobrir e acobertar diversos casos de abusos e assédios sexuais e morais, não ficou indiferente. Tentou abafar o caso e se livrar das acusações, mas, dessa vez, não deu certo. Parece que se tratava de uma aluna influente. Intimada a reagir, depois de rever o caso, Harvard repreendeu Walcott e exigiu-lhe um pedido oficial de desculpas. Mas o poeta, com a autoridade conferida pelos senhores, dono de si e de suas palavras e ações duras, sensíveis, sensatas e digressivas, disse que seu estilo literário e poético de ensino era "deliberadamente pessoal e intenso" e que ele "não sentiu relutância alguma na estudante em tratar o tema das relações sexuais". Para ele, não houve nenhum assédio ou perseguição, apenas uma busca desenfreada e sufocante por poesia, por inspiração, por ardor e por experiências libertárias. A aluna, pela falta de qualidade e impulso, não era digna nem de desculpas e nem de uma boa avaliação.

(Como aluno em Harvard e na Sorbonne, também fui assediado. Não tive coragem de acusar ninguém. Anos depois, como professor convidado, assediei em homenagem ao poeta. Aos poetas. Não fui condenado. Consideraram que minha postura fazia parte da cultura brasileira.)

Intenso, profundo e perspicaz, o poeta, descendente de escravos, sempre viveu à flor da pele todos os seus versos e toda a sua crença mítica e mística na palavra poética. Para Walcott (meu herói): "O mais próximo que temos da poesia é o amor. O amor deixa-nos num estado de alheamento, e um poema, nos seus melhores momentos, faz o mesmo." O meu colega caçador-lírico perseguia suas presas. Conhecido como um "escritor britânico de etnia crioula" e também como "poeta mestiço de língua inglesa", não sem merecimento recebeu o Nobel "por uma obra poética de grande luminosidade e intensidade, sustentada por uma visão histórica, resultado de um compromisso multicultural". Ele defendeu esse relativismo cultural poético... calcado no assédio.

Pudicos senhores, a história de Walcott é marcada pela irrupção do clandestino. Pelas discussões éticas e estéticas que sublinham a verdadeira e inalcançável poesia. Ele e a poesia são superiores às leis e aos compromissos culturais. Estão autorizados a vagar por caminhos digressivos e indomesticados.

E, nesses lugares, tudo é permitido, apesar de a história recente mostrar o contrário. O mundo contemporâneo está mais atento e pune quase instantaneamente — nas redes sociais — esse tipo de assédio.

Sorte a nossa, senhores, que somos de outra geração. (Melhor você parar, Jacques. Vai incitar as suas ex a se pronunciarem. Negue. Negue tudo. Não passa de ficção.)

O caso ainda teve desenlaces. (Adoro essa história.) Anos depois, Walcott, desejando conquistar mais adeptos à sua doutrina e obstinação, candidatou-se ao cargo mais importante e prestigioso de poesia na Universidade de Oxford. Certo de sua escolha, não contava que um dossiê anônimo seria enviado aos membros do júri, expondo as inúmeras acusações de assédio sexual das quais tenha sido protagonista. Nunca pensara na depreciação e na penalização da sua prática constante, digamos, de "assédio poético". Para ele, essa inerente junção poeta-assediador o tornava merecedor da vaga. (Quem aqui nunca mandou um e-mail, dossiê ou carta anônima? Quem nunca perseguiu ninguém? Quem nunca fofocou e denegriu a imagem de alguém? Sentem-se. Escutem. Aceitem. Eu sou o porta-voz do inconsciente dos senhores.)

A lista tríplice final da cátedra em Oxford (um pomposo bacanal), além do nome do caribenho, continha o nome de outros dois poetas medíocres: Ruth Padel e Arvind Krishna Mehrotra. E, desdenhosos senhores, como conhecemos bem os meandros acadêmicos e universitários! Inveja, cinismo, canalhices são sentimentos presentes nas relações departamentais e literárias. Embora todos soubessem da superioridade absoluta de Walcott, o dossiê anônimo abalou a escolha pública de seu nome. Eles não separaram a imagem do poeta-escritor da pessoa-assediador. Pressionado e incompreendido, Walcott retirou sua candidatura, e Padel assumiu a vaga. Tempos depois, descobriram que ela havia sido a mentora de todo aquele esquema. A história vazou para a imprensa, e Padel não resistiu à pressão, também entregando o posto.

Esse evento despertou uma discussão muito interessante. Um poeta sublime, mas considerado por muitos uma pessoa execrável por cometer atos obscenos, tem direito a um prestigioso cargo? E quando toda a sujeira é exposta por uma concorrente? Quem está certo?

(O que mais gosto nessa história é que esta casa se esqueceu das acusações contra o poeta e o premiou. Muito bem, meus colegas! Congratulações.)

A coisa ficou ainda mais divertida quando muitos professores resolveram defender o poeta. (Virou uma verdadeira internet. Todo mundo falando merda, basicamente.) Eles estavam defendendo a si próprios! O Dr. Nicholas Shrimpton, professor de Oxford, seguidor e amante da poesia de Walcott, argumentou que a questão central era que o poeta "veio para a Universidade para dar grandes palestras públicas, e não para ensinar alunos em pequenos e medíocres cursos. Então o perigo potencial de assédio era menor. A questão da sua reputação, do seu honoris saber que é relevante para a sua posição como *professor*. Essa visão de que um bom artista tem que ser uma boa pessoa é um conceito muito antiquado, das décadas de 1830 e 40. Nada disso deve ser levado em consideração hoje em dia". Um discurso machista e misógino. Uma defesa a um poeta superior.

Mas isso não para por aí. Outra professora de Oxford, a feminista Elleke Boehmer, defendeu a continuidade da eleição. "Que o melhor poeta vença! Apoio o trabalho de Walcott não porque eu o ache politicamente correto... mas porque voto no poeta cujo trabalho mais me encanta", disse ela, acrescentando que as acusações contra Walcott se referiam a incidentes ocorridos fazia anos. Seus crimes haviam prescrito. A libido, o insulto e o assédio então prescrevem, distintos senhores? Tudo não passa de narrativas incoerentes e de blasfêmias.

E a feminista, destilando um pouco mais da nojeira acadêmica, polemizou: "Quantos professores de poesia de uma certa idade e geração podem afirmar com segurança que são inteiramente livres de qualquer prática de assédio sexual?"

Levantemos as mãos, culpados senhores e senhoras, quem nunca?

Sobre o modus operandi da poesia e dos grandes poetas, reflito: a verdadeira poesia é a possibilidade de afrontar. De abalar. De desestruturar a ordem, o conceito, a teoria, a forma, a ética e a moral. Walcott foi o legítimo representante de toda essa transgressão. E foi também um bode expiatório para toda essa falaciosa virtude e corretude contemporâneas.

Walcott, meus senhores, morto em 2017, sabia muito bem polemizar. A poesia era parte integrante dele. Poeta das palavras e das ações desestabilizadoras. Um dos membros da Universidade de Boston, questionado sobre se beijar uma aluna nos lábios era um comportamento aceitável para um professor, afirmou categórico e ofendido: "A maneira como os poetas, dramaturgos e escritores de ficção ensina é inteiramente diferente da maneira como se ensinam estudantes de matemática." Os ósculos de Walcott, senhores, faziam parte do programa, do *syllabus*, de suas disciplinas. Com essa aquosa prática, ele aproveitou muito mais o seu Nobel do que todos os cientistas e escritores aqui laureados.

(Não confiem nas minhas citações, senhores. Todas as minhas aspas são armadilhas e subterfúgios. Não acreditem nas minhas ideias e nem nas minhas ofensas. Já fui diagnosticado como esquizofrênico.)

Confesso: eu me inspiro em Walcott. Almejo ter as mesmas fãs *groupies* com quem o caribenho se deitou. Ele, onanistas colegas, andava cercado por várias ninfetas. Seus colegas diziam que Derek Walcott era um cão de caça "sempre flertando com mulheres". Até a esposa do poeta estava atenta. "Eu estava preocupada com o nosso relacionamento. Havia sempre muitas mulheres ao redor. Em geral, os homens caribenhos gostam e precisam saltar de flor em flor. E o Nobel catalisou esse processo."
Permitam-me ovacionar o nosso poeta com um "urra!"
Walcott soube fazer a política de boa vizinhança durante muitas décadas para ter seu nome considerado ao Nobel. Inflamo mais polêmicas: será que ele assediava e barganhava as

alunas em nome dos colegas votantes? Será que chantageava os membros do júri do Nobel com segredos e noviças? Irônico e maquiavélico, Walcott foi de fato um grande articulador: "O mundo da literatura é muito político. A chave para ganhar um Nobel é manter seus lábios em constante movimento, bajular e puxar o saco das pessoas certas o tempo todo." Essa foi sua verdadeira labuta. A poesia, apenas fachada e hobby.

Sua genialidade é inconteste. Em seu discurso aqui, Walcott nos iluminou: "Para todo poeta é sempre de manhã no mundo. A História é uma noite esquecida, e de insônia; a História e o medo estão sempre ao nosso começo, porque o destino da poesia é apaixonar-se diariamente pelo mundo, apesar da História." Cada despertar, aprendamos, meus colegas, é um novo dia. Uma nova conquista. Uma nova narrativa para adulterar e contar.

Dedico a Walcott um poema que escrevi há anos, "Amor Depois de Amor": "Vai vir o tempo / em que você, orgulhoso, / vai saudar a si mesmo chegando / à sua própria porta, em seu próprio espelho, / e vão trocar sorrisos de boas-vindas, / você vai dizer, sente-se. Coma. / Vai amar o estranho que um dia você foi. / Dê vinho. Dê pão. Devolva seu coração / pra ele mesmo, o estranho que o amou / por toda a sua vida, e a quem você ignorou / por outro alguém, que o conhece de cor. / Pegue da estante as cartas de amor, / as fotografias, as anotações desesperadas, / descasque seu reflexo do espelho. / Sente-se. Sirva-se da vida."

Louvemos, comparsas, o amor, o assédio e a humanidade de todos os que aqui estiveram.

(Misóginos machistas, eu vos abomino.)

Eu também quero uma aluna.
Mais, mais luz por favor.
Eu ofendi Deus e a humanidade porque meu trabalho não alcançou a qualidade que deveria ter.
Esses versos não são seus. Maldito.
Luxúria! Que seja atormentado por furacões e ventanias pelos seus podres vícios da carne.

Debochados senhores,

Em meu livro Outras inquisições, eu, Jorge Luis Borges, escrevi sobre o que chamei de "pudor da história". Indicado nos anos de 1956, 1962, 1963, 1964, 1965 e 1966, mas nunca contemplado até então, defendi que os eventos secretos, furtivos e contingentes não considerados, e que nem tiveram influência na escrita dos livros "oficiais" de história, foram aqueles que de fato determinaram o curso dos acontecimentos. A verdadeira e inacessível história é aquela relegada e varrida para debaixo do tapete. Proscrita e reinterpretada pela voz e pelo canto dos vencedores.

(Meu amor por Borges sempre foi tão grande que, na minha primeira internação, tiveram de me convencer que eu não era ele. Ou que ele não era eu. Nós nos enganamos. Tenho certeza de que seus versos foram escritos por mim e que o mundo inventado pelo argentino é o lugar em que vivo.)

Arqueólogos-escafandristas, se por um lado Kafka nos chamou de macacos circenses em seu fabuloso relatório, Elizabeth Costello, um dos alter egos de Coetzee, fez um discurso dilacerando nossa postura genocida e nossa crueldade diante dos animais. Para Costello e Coetzee, somos perpetradores de novos campos de extermínio. "Vou falar abertamente: estamos cercados por uma empresa de degradação, crueldade e morte que rivaliza com qualquer coisa que o Terceiro Reich tenha sido capaz de fazer, que na verdade supera o que ele fez, porque em nosso caso trata-se de uma empresa interminável, que se autorreproduz, trazendo incessantemente ao mundo coelhos, ratos, aves e gado com propósito de matá-los." E, desse sangue nas mãos, nas roupas, na alimentação, senhores, ninguém escapa.

Para Costello-Coetzee, estamos executando o maior crime e dizimação do mundo. Nosso propósito instintivo e imbecil é exterminar todos os seres vivos, e ainda sentir prazer nisso. No futuro, só restarão os homens-barata, e passaremos a nos alimentar de nós mesmos, até não sobrar dejeto. Até não deixarmos nenhuma marca humana. Caminhamos para o autoextermínio, senhores. E eu vos aguardo por lá.

O discurso de Costello é intenso e perturbador. (A verdade é que eu o acho cômico, banal, surreal. O meu é muito melhor!) Para ela, a violência entre os homens se dá justamente em consequência da relação de poder, dominação e escravização que nossa espécie exerce sobre os animais. (*Bullshit*) Agindo dessa forma com os animais, a quem ela chama de "esses outros mais outros que qualquer outro", o homem sente que pode imprimir a mesma hostilidade aos "outros" da mesma espécie. Tal "crime de proporções inimagináveis" é um espetáculo de crueldade, de tortura, de carnificina e de falta de compaixão.

Não nos admiremos, congêneres, com todas as atrocidades humanas... e muito menos com as praticadas por esta casa.

Coetzee, o laureado, é um mestre inventor. Inventor de si mesmo como personagem, narrador e alter ego, inventor de sua fortuna crítica, inventor de sua depreciação e de sua inferiorização. Idolatrado, mas igualmente desprezado por muitos de seus conterrâneos da África do Sul, ele também se culpa por fazer parte do holocausto animal: "Como você pode ser um grande escritor, se você é apenas um homem medíocre?"
Mas o "homem" Coetzee, como ardiloso escritor que é, nunca se expõe. Ele se esconde, se protege, se encurrala atrás da ficção. Essa é sua virtude e sua condenação, e também a nossa riqueza e maldição. Em *Desonra*, o narrador, na pele de um branco racista na África do Sul, exibe a dolorosa história de um professor que assediou sexualmente uma de suas estudantes. Nada inédito, como bem sabemos, meus colegas. Porém, com a pecaminosa história vindo à tona, o personagem, agora desmoralizado e desonrado, vai com a filha para o interior do país. Eles fogem e se escondem. Seguem para o mundo dos mortos buscando adquirir conhecimento. Tomar consciência de seus pecados. É nesse momento da narrativa que o autor relê a *Eneida*. (Lá vem você, Jacques, fazendo análises literárias, pretensiosas, soberbas. Está querendo justificar o seu Nobel para quem? Sua mãe já está muito feliz com ele.

Seu um milhão de dólares já está depositado no banco. Sua fama — e sua sandice — já estão eternizadas.) A "catábase" ao inferno acontece quando a filha é estuprada por três negros. Desnorteado, o pai adota uma postura vingativa, mas a filha aceita a situação por achar "que a reparação histórica dos crimes cometidos contra os negros no passado é um processo necessário e quase impossível de ser detido".

Colegas, meus colegas, meus amados colegas, admito que fui eu o delator de Coetzee. (Palmas, palmas para mim!) Banido de seu país, o escritor nos revela: "Não conheci a identidade dos censores que julgaram meus livros até que, nos anos 1990, foram abertos ao público os arquivos do governo do apartheid. Foi aí que descobri que, entre esses censores, havia colegas meus da Universidade da Cidade do Cabo. Em outras palavras, que eu tinha convivido diariamente com pessoas que, em segredo — pelo menos, em segredo para mim —, estavam julgando se me deixavam ser publicado e lido em meu próprio país. Assombrou-me que, além disso, parecesse aceitável para eles manter relações cordiais com escritores — incluído eu — a quem estavam julgando em segredo." (Sim, fui eu. Eu o julguei e o profanei. E não me arrependo de nada disso. Recebi o meu quinhão.)

Senhores, somos todos colegas cordiais, com sorrisos e abraços públicos, mas, em nosso íntimo, fazemos de tudo para nos afirmar melhores e mais ardilosos que nossos concorrentes. Deduramos, julgamos e desprestigiamos nossos adversários. E eu queria acabar com a carreira de Coetzee para ser agraciado antes.

Nessa lama fétida, acusei Coetzee de ser racista. E, como ele nunca defendeu em público a política contra o apartheid — como muitos escritores de sua geração —, foi crucificado. E o escritor partiu dessas acusações para instaurar a discórdia e chacoalhar ainda mais os alicerces frágeis da estética da recepção. Em resposta, um de seus personagens — ou de seus alter egos — apareceu nas páginas de seus livros com posturas racistas. Verdade? Ficção? Impostura? Tudo isso se mistura na obra do laureado.

Ao receber aqui o prêmio Nobel, em 2003, em vez de fazer o tradicional e comportado discurso, o sul-africano leu um pequeno e estranho conto chamado "Ele e seu homem". O texto fala da relação entre Robinson Crusoé e Daniel Defoe (ou de Jacques e do seu narrador-premiado), da ligação entre personagem e seu criador, da figura enigmática e literária do duplo. O laureado, que inventou mais uma história sua ou de seu narrador, mostrou a encarcerada relação narrador/obra e a impossibilidade de encontro e reconhecimento mútuo entre eles. No caso, entre Robinson Crusoé e Daniel Defoe e entre Coetzee e "Coetzee". Ele mesmo, duplicado, põe em xeque toda essa estapafúrdia premiação.

Vejo, fantasiosos senhores, que, como no conto de Dostoiévski, "O duplo", um outro Coetzee estava sentado na plateia do Nobel, olhando o espetáculo grotesco do seu duplo Coetzee ao receber a láurea máxima deste circo. Ele próprio não se reconhecia como o tal escritor beatificado.

Não é por acaso, espúrios senhores, que sinto grande proximidade com as obras e com os autores que aqui menciono. Vejo-me como um duplo. Como um outro. Como cópia requintada e sofisticada do cânone literário. Sou modesto? Não. Apenas falo o que todos pensam, mas escondem.

Como num conto fantástico, ou como numa crise esquizofrênica, em algumas partes da ficção autobiográfica de Coetzee, *Verão*, posso encontrar muitos trechos semelhantes aos que escrevi. Na voz de um de seus personagens, Coetzee fala e denigre a si mesmo. "'Ele tinha semblante miserável', dizia Julia, 'um ar de fracasso.'" "Agora percebo que, durante o ato amoroso, havia uma qualidade autista." "Ele se movia como se seu corpo fosse um cavalo em que ele estivesse montando (...) um cavalo que não gostava definitivamente de seu cavaleiro." "Somente na África do Sul conheci homens como ele, rígidos, intratáveis, impossíveis de serem ensinados." E continua: "Aqui temos um homem que, no mais íntimo dos relacionamentos humanos, não pode se conectar, ou que se conecta apenas brevemente. Mas como é mesmo que ele ganha a vida? Ele ganha a vida escrevendo relatórios. Relatórios sobre a experiência íntima e humana. Porque isso é o que os romances são, não é? — uma experiência íntima... Isso não parece estranho?" O duplo literário de Coetzee acusa a si próprio de não ter habilidades sociais, de ser um amante ordinário que não presta atenção à mulher e também de ser intratável e pouco amistoso. E, mesmo assim, gaba-se por ter se tornado um grande especialista na descrição e concepção da alma das pessoas.

E eu me espanto em saber que Coetzee se inspirou numa carta de uma ex-amante minha para compor sua obra:

"Caso você não tenha entendido, Jacques, ontem fiquei muito chateada, quando você saiu à noite. Eu não gostei nem um pouco do jeito como você se comportou na minha casa. Nós transamos. E logo depois você foi ao banheiro e, quando voltou para a cama, estava me ignorando. Ausente. Ficou assistindo esportes na televisão como se estivesse sozinho no seu quarto. Mal me abraçou. E nem prestou atenção em mim. Um cavalo. E, então, dez minutos depois, disse que tinha de ir embora. Essa não foi a primeira vez que você fez isso, Jacques. Acho que, infelizmente, essa é a maneira como você se comporta. Ou, se não, bem, essa é a maneira como você se comporta comigo o tempo todo. Você não se conecta. Como pode ganhar a vida explorando a alma de seus personagens se você, quase como um autista, não consegue enxergar o outro?"

Quem é o escritor inédito e quem é o seu duplo? Alguns alegam que, já que sou de uma geração posterior à do sul-africano, fiz uso de seus textos. Mas percebam, meus nobres confidentes: essa foi uma carta enviada a mim, e não escrita por meus personagens.

Essa fusão entre vida e literatura espanta. Por isso, confirmo: se esses outros escritores mereceram o prêmio, senhores autistas, mereço muito mais. Eu sou o duplo de todos eles!

> *Retire os travesseiros. Não vou precisar mais deles.*
> *Está na hora do jantar. Fim do banho de sol.*
> *Hora de tomar os comprimidos.*
> *Que violência descabida. Que seja alvejado pelo Minotauro e pelos centauros. Que atirem flechas em sua rancorosa alma.*

Africâneres senhores,

Há que se pensar, senhores, em toda essa questão de racismo na África do Sul e no mundo. O eterno incômodo que sentimos como estrangeiros de nós mesmos e a tentativa inútil de compreender o lugar da ficção e da própria existência humana. (Lição de moral, Jacques?) James Watson foi premiado aqui em 1962, pelos acadêmicos da comissão de medicina, por ter sido um dos descobridores do "modelo de dupla hélice" para a estrutura da molécula de DNA.

(Falo novamente de coisas que não sei. Nunca soube de nada. Minha vida se baseou nessas indiscrições e ousadias. Em expor ideias duvidosas e superficiais. Em fofocar e fugir do embate. Mas eu tinha tanto medo de ser descoberto. De ser reconhecido como impostor. Anos depois, ao me tonar professor de poesia em Oxford, percebi que todos somos semelhantes: sofremos da doença da ignorância.)

Em 2007, o honrado cientista veio a público para afirmar que: "Os africanos são menos inteligentes que os ocidentais. Todas as nossas políticas sociais baseiam-se no fato de que sua inteligência é a mesma que a nossa — enquanto todos os testes provam que isso não é realmente verdade." Ele alegou ainda que os genes responsáveis por atestar a diferença de inteligência poderão ser encontrados dentro de uma década. Uma nova e perigosa área sendo revisitada: o "racismo científico".

O que afirmo, sábios senhores, é que essa crença subterrânea — que só pôde vir a público depois da fama — foi definidora para a descoberta do Dr. Watson. O fato de acreditar na inferioridade e na ignorância de uma raça fez com que ele tivesse mais determinação, pulsão e ganância em sua pesquisa. O ódio, a raiva e as desilusões antigas, aguçadas pela questão racial, levaram-no a se empenhar com mais afinco a desvendar a estrutura do DNA.

(Há algo de ético e de nobre, ou apenas de podre e de infame, no calabouço da vida? Já me chamaram de judeu imundo. De brasileiro inculto. De escória do mundo. E o que fiz com isso? Engoli a seco e criei um câncer. Um câncer que agora expurgo.)

Artífices colegas, seguindo nesse clima alegre de "racismo científico", e também fazendo uso de animais como personagens e protagonistas das histórias — enguias, cães, ratos, ratazanas, pássaros, caracóis, peixes, sapos, rãs etc. —, Günter Grass esteve nesta casa recebendo o Nobel pelas "farsas sombrias e maliciosas que retrataram o rosto esquecido da história".

Nas entrelinhas do seu discurso, em que ele fez menção ao seu livro A *ratazana*, são, digamos, intrigantes: "A ratazana recebeu o prêmio Nobel. Finalmente, alguns poderiam dizer. Ela esteve na lista durante anos, e algumas vezes até mesmo na lista final. Representando um dos milhares de animais de laboratório, desde o porco-da-índia até o macaquinho rhesus, a ratazana de laboratório, com seus cabelos brancos e seus olhinhos vermelhos, finalmente está recebendo seu quinhão. Pois ela, mais do que ninguém — ou pelo menos é o que diz o narrador do meu romance —, tornou possíveis todas as pesquisas e descobertas dos laureados com o Nobel de medicina; e, no que diz respeito aos premiados Watson e Crick, no campo quase ilimitado da manipulação genética. Desde então, o milho e outros vegetais — para não falar de todos os tipos de animais — podem ser clonados de forma quase legal, razão pela qual os homens-rato, que assumem cada vez mais importância com a chegada do fim do romance, ou seja, no pós-era humana, são chamados *Watsoncricks*. Eles combinam o melhor das duas espécies. Os seres humanos carregam muito de ratos em si, e vice-versa. O mundo parece usar a síntese para recuperar sua saúde. Depois do Big Bang, quando apenas ratos, baratas, moscas e os restos de peixes e ovas de rã sobreviveram, é hora de restabelecer a ordem do caos, e os *Watsoncricks*, que escaparam milagrosamente, fazem mais do que sua parte. Mas, já que essa vertente da narrativa poderia ter terminado com um 'To Be Continued...', e o discurso do prêmio Nobel em homenagem aos ratinhos de laboratório não é, de fato, destinado a dar um final feliz ao romance, eu posso agora — por uma questão de princípio — voltar a este discurso como uma forma de sobrevivência, e também como uma forma de arte."

Pergunto, nobres roedores, o que desejava Grass com todas essas alusões? Como pensar nas perversões do discurso "real", concedido nesta casa, e no discurso "ficcional" realizado pela sua ratazana no livro-simulacro?

(Grass, seu embusteiro. Maldito.)

Os críticos e a história oficial argumentam que o filantropo Grass procurou dar voz aos marginalizados sociais, aos vencidos, aos esquecidos e aos exterminados. Para os supostos detentores das múltiplas leituras da obra do alemão, o escritor sempre atacou os sonhos imperialistas e raciais germânicos. Nunca deixou de falar da memória vergonhosa de sua nação e nunca desconsiderou o passado vexatório de seu povo. Seu projeto, digamos, visível consistiu em reler os execráveis livros nazistas e educar as novas gerações para que o absurdo não se repetisse.

Uma salva de palmas para o íntegro e digno escritor que iludiu seus comparsas!

Afirmo: Grass, senhores, construiu sua ratazana e seu discurso como deferência ao brilhantismo de Watson. O ético escritor conhecia os argumentos raciais do cientista. Toda falsa postura do alemão contra o nazismo fazia parte de seu mote criador. O mote de um verdadeiro e legítimo ficcionista. Em seu íntimo, Grass ainda sentia o prazer e o ardor da juventude nazista, episódio de sua biografia que ocultou até ganhar o Nobel.

É uma contradição inerente aos escritores. A presença do paradoxo, do absurdo, da incompatibilidade dos desejos, medos e predileções é parte inseparável da escritura. E, quanto mais sujeira, mais força criativa.

Escrever é tentar fugir das próprias contradições. Por isso Grass — a gordinha criança nazista, com um olhar e tesão vívidos pelo bigode do Reich — se tornou narrador do fascínio estético pela raça ariana e pelo Império dos Mil Anos. Desonrados colegas, o fato de se sentir um desgraçado nazista foi responsável pela luta interna que o constituiu. Que o fez grande, destemido e valente. Que o transmutou em escritor.

O honrado escritor alemão se dedicou a atacar Israel. O fascinante fascismo eclodiu de suas entranhas: "(...) Mas por que me proibiram de falar / sobre esse outro país [Israel], onde há anos / — ainda que mantido em segredo — / se dispõe de um crescente potencial nuclear, / que não está sujeito a nenhum controle, / pois é inacessível a inspeções? / O silêncio geral sobre esse fato, / a que se sujeitou o meu próprio silêncio, / sinto-o como uma gravosa mentira / e coação que ameaça castigar / quando não é respeitada: / 'antissemitismo' se chama a condenação. / Agora, contudo, porque o meu país, / acusado uma e outra vez, rotineiramente, / de crimes muito próprios, / sem quaisquer precedentes, / vai entregar a Israel outro submarino / cuja especialidade é dirigir ogivas aniquiladoras / para onde não ficou provada / a existência de uma única bomba, / se bem que se queira instituir o medo como prova... digo o que deve ser dito. / Por que me calei até agora? / Porque acreditava que a minha origem, / marcada por um estigma inapagável, / me impedia de atribuir esse fato, como evidente, / ao país de Israel, ao qual estou unido / e quero continuar a estar. / Por que motivo só agora digo, / já velho e com a minha última tinta, / que Israel, potência nuclear, coloca em perigo / uma paz mundial já de si frágil? / Porque deve ser dito / aquilo que amanhã poderá ser demasiado tarde [a dizer], / e porque — já suficientemente incriminados como alemães — / poderíamos ser cúmplices de um crime / que é previsível, / pelo que a nossa cota-parte de culpa / não poderia extinguir-se / com nenhuma das desculpas habituais. / Admito-o: não vou continuar a calar-me / porque estou farto / da hipocrisia do Ocidente (...)."

Grass, meu caro apóstata, o senhor ataca Israel e fala de seu ódio. Revela e borrifa sua ojeriza escondida por décadas. Expõe sua mentira e sua hipocrisia. Expressa em alto e bom som o seu antissemitismo secreto e velado. De qual bomba o senhor tem medo? Da ogiva nuclear israelense, ou de que o seu desejo racista se irrompa como o de Watson?

Mea-culpa, senhores. *Mea culpa,* nobres irmãos. Minha ferrenha crítica e expurgação a Günter Grass nada mais é que repulsa à minha própria obra. Sou o antagonista de Grass. O seu irmão. Se ele conspirou palavras em prol de uma memória e de uma responsabilidade que não eram suas, eu fiz o mesmo. Enquanto ele se integrou à divisão das Waffen-SS, escondeu seu passado e condenou — apenas na literatura — o genocídio perpetrado pelo seu povo, do meu lado, juntei-me aos *Nokmim* — os vingadores judeus que perseguiam e exterminavam os nazistas que haviam conseguido fugir da "justiça". Eu os escalpelava com prazer e paixão. (Você fez parte dos *Nokmim,* Jacques, ou apenas fantasiou ser parte do filme do Tarantino, *Bastardos Inglórios?)*

Também escrevi e menti sobre filossemitismo germânico. Disse em público que não acreditava existirem nazismo nem nazistas na Alemanha. Fui correto e critiquei algumas políticas do Estado Judeu para ser agraciado hoje. Porém, assim como Grass, não acreditei em nada do que panfletei. Tudo não passou de literatura. Sim, meu amigo alemão, nós temos sangue nas letras. Sim, arqui-inimigo, somos culpados e grandes invencionistas. E por isso estamos aqui.

Permitam-me apontar um momento literário em que nos encontramos de forma fraternal. Um dos personagens de Grass, no livro *O tambor*, diz: "Não sou responsável pelas coisas que fiz quando criança." Em uma das minhas primeiras autoficções, o meu eu lírico exclama: "Não sou responsável pelas coisas que fiz quando criança." Idênticos momentos literários. Porém é necessário enfatizar que um era um nazista recalcado e o outro, um vingador odioso.

Nas nossas entranhas, cravados em nossas unhas, só há ódio e sangue... já em nossos livros e ficções, há lucidez, parcimônia, elaboração e arte. Em quem confiar, senhores? Em quem?

(A verdade é que Günter Grass vive comigo nesta fossa. Neste esgoto. Com nossas bestiais ratazanas e baratas. E é isso que nos consagra e nos amaldiçoa.)

Por favor. Por favor. Ajude minha pobre alma.
Deem-me café, eu quero escrever.
Agora, agora, bom homem. É hora de fazer inimigos.
Traidor da pátria. Que fiques em Antenora, apenas com
a cabeça para fora do gelo.

Deméritos senhores,

Compartilho da simpatia que Elfriede Jelinek, Nobel em 2004, nutre pelos afogados: "Os perdedores me interessam muito mais que os ganhadores, esses últimos me causam desdém.

Eu me interesso por quem tem o seu *eu* fragmentado." E vos pergunto: quem tem o *eu* mais fragmentado e arrasado se não aqueles que submergiram? Aqueles que tiveram que existir depois de um genocídio? Depois de uma catástrofe? Depois da extinção e da agonia da razão?

Em 2002, Imre Kertész recebeu o prêmio nesta casa por "uma escrita que sustenta a frágil experiência do indivíduo contra a arbitrariedade bárbara da história". Foi o único sobrevivente da Shoah a receber essa condecoração na literatura.

(Por anos, eu desenhei em meu antebraço diversos números. Imaginei ter vivido e escapado dos campos do inferno. Acreditava que só assim eu pudesse me tornar escritor. Sonhava com as fornalhas de Auschwitz, com a verdadeira maldade e banalidade dos SS, com os refugos humanos. Foi a primeira vez que me medicaram.)

Aos quinze anos, Kertész conheceu o inferno de Auschwitz. Mentindo sua idade — jovens de até quinze anos e pessoas mais velhas eram enviadas diretamente para o extermínio —, conseguiu ser transferido para os campos de trabalho forçado em Buchenwald. Como um morto-vivo, sobreviveu à sua primeira catábase. Regressando à Hungria, viveu ainda um outro inferno. Sentiu a crueldade, a tortura, as doenças e o sadismo soviéticos durante sua segunda prisão. Porém, mesmo afogado, emergiu. E decidiu escrever suas experiências. Kertész reelaborou uma conhecida frase de Adorno ao vociferar: "Depois de Auschwitz só se podem escrever versos sobre Auschwitz."

Mas, senhores, a que custo?

Polêmicas, senhores, polêmicas e mais polêmicas. Kertész foi perseguido. Muitos detratores disseram que sua escrita era simplória e direta demais. Que sua narrativa não tinha sofisticação e nem qualidade poética merecedoras desta importante coroação. Que os verdadeiros, vultosos e notáveis escritores "sobreviventes" eram os suicidas Paul Celan e Primo Levi. Grande ironia.

Senhores, os antissemitas contemporâneos argumentaram que a premiação de Kertész, assim como a de Nelly Sachs e Shmuel Agnon, havia sido um ato político e uma forma "enfadonha" de não se esquecer, "mais uma vez", das atrocidades nazistas. Que teve a conotação de subterfúgio, de reparação e de vitimização da cultura judaica. Nelly Sachs e Shmuel Agnon, no entanto, narraram a questão judaica e as atrocidades nazistas de um lugar diferente de Auschwitz. Ela, a poeta sueca de origem judaico-alemã, escapou dos campos ao partir no último avião que saiu da Alemanha para a Suécia. Ele, Agnon, nunca enfrentou na pele o nazismo, apenas os tradicionais *pogroms*.

Os inimigos alegaram que a Academia sueca se posicionou contra os árabes e contra a Intifada de Al-Aqsa, mostrando-se a favor dos judeus — "agora os novos e poderosos conquistadores e molestadores". Disseram que Edward Said, o grande escritor palestino, porta-voz da justiça e do clamor por um tratamento honesto para a causa palestina, era quem deveria receber o Nobel daquele ano: o único capaz de falar em nome da vítima.

E nesse contexto, nessa luta entre dois heróis e dois vilões — Israel e Palestina —, todo mundo tem opinião formada. E aí começam as sandices e os abusos nobélicos. Saramago, por exemplo, afirmou que o "tratamento recebido pelos palestinos era comparável ao tratamento que os nazistas haviam dado aos judeus". Günter Grass declarou que existência do Estado Judeu constituía o maior perigo à paz, com a real possibilidade de uma guerra nuclear.

Senhores profetas, basta ter a autoridade concedida por esta casa para falar a idiotice que quiser. Para difamar quem e o que bem entender. E também para realizar um discurso pífio e medíocre como este.

O judeu *sem destino* Kertész pensou em se suicidar várias vezes. Flertou repetidamente com a morte e com a incompreensão da realidade. Enfrentou a limitação das palavras para narrar um milionésimo do que foi a sua experiência. Concluiu que sua obra — a exposição nua e crua da catástrofe — não passava de superficialidade. De algo banal frente à grandiosidade do inenarrável acontecimento: "O campo de concentração é imaginável somente como texto literário, não como realidade."

Senhores, a glória literária do escritor-sobrevivente-submerso foi o seu projeto de enfrentamento do divino: "Deus é Auschwitz, mas também Aquele que me tirou de lá, que me abrigou e até me compeliu a suportar tudo como de fato aconteceu, porque Ele queria saber e ouvir o que Ele mesmo havia feito."

Em seu discurso nesta casa, o escritor nos agrediu com seu conceito especial de ser judeu: "Eu morri uma vez para que eu pudesse viver. Talvez essa seja a minha verdadeira e única história. O fato terrível de ter sido enviado para um campo de concentração obrigou-me a me tornar judeu."

Cometo injúrias e desonras, mas é necessário dizer: o judeu, esse povo escolhido — autoescolhido —, só se unificou, como disse Kertész, nos campos de concentração. Na embocadura dos fornos. Na argamassa das cinzas. E os senhores perpetradores ainda continuam a amaldiçoá-los e a clamar pelo seu fim.

> (O meu fim. Me sinto ainda mais judeu quando sou atacado. Quando desprezam a minha literatura, acusando-a de fazer parte de um nicho. Quando blasfemam a existência de Auschwitz.)

Ao nomear Kertész, a Academia recebeu inúmeras cartas de condenação e desprezo. O povo húngaro, ansioso por um Nobel, depreciou o prêmio concedido a um judeu: "Ele não nos representa." Escritores de várias partes do mundo registraram seu descontentamento pelo laureado. O secreto, o inominável e o clandestino que evoco aqui é a presença constante do ódio diante do outro. Do diferente. Do estrangeiro que sempre foi visto como o inimigo.

Senhores, deixo uma última e impiedosa declaração: será que eu e esses outros escritores teríamos ganhado o Nobel se não tivéssemos vivido, ou se não tivesse existido, a Shoah?

> *Eu vivi a Shoah. E nunca fui premiado.*
> *Hahahaha! Eu sou o responsável pela Shoah. Eu sou o anjo caído.*
> *Seu Judas. Que enfrentes a fúria de Lúcifer.*

Vitimados senhores,

Se me acusaram de misoginia, agora vão me acusar de feminismo. Essa é a beleza e a desgraça da literatura.

(Eu só leio literatura produzida por mulheres. Só estudo a questão de gênero. Só isso me interessa. E só eu, Freud, sou capaz de compreender o que elas querem. Eu sou uma mulher.)

Enquanto Imre Kertész criou uma narrativa sobre seu próprio período de horror, Svetlana Alexievich, laureada em 2015 "por seus escritos polifônicos, um monumento ao sofrimento e coragem em nosso tempo", fez diferente: ela deu voz às vítimas esquecidas — às dores inauditas das mulheres que tiveram suas vidas despedaçadas. Em seu discurso aqui, ela nos falou sobre seu projeto: "Flaubert chamou a si mesmo de caneta humana, eu diria que sou o ouvido humano." A escritora ucraniana enfrentou e respondeu à pergunta feita por Gayatri Spivak no título de seu livro *Pode o subalterno falar?* Ela, partindo das experiências submersas dos subalternos e dos refugos humanos, deu vez e voz aos invisíveis e marginais.

Eu te idolatro, Svetlana. (Imagine me making love to you, Svetlana. Você transaria comigo, Svetlana, se eu te pedisse? Se eu te implorasse? Se eu te assediasse?)

A laureada fez da morte — "o principal mistério da vida" — matéria para projetos e reflexões literárias. Um motivo de estranhamento, de apavoramento, de arroubamento. Para ela, as mulheres eram as únicas narradoras confiáveis de qualquer guerra. As verdadeiras responsáveis por fazer emergir o discurso do esquecido e do desprezado. Só elas podem resgatar a narrativa oficial repousada na dor da incompreensão. Somente as mulheres são capazes de narrar e enfrentar o paradoxo de "dar a vida" e de "receber diariamente a visita da morte". Nas palavras de Svetlana: "Quem conta a guerra são as mulheres. Choram. Cantam enquanto choram." Assim, uma tentativa de compreensão do ocaso vem das lágrimas, do sofrimento e do resgate do discurso "delas". Bravo!

Os homens — malditos sejam! — adulteram as narrativas das guerras. São os responsáveis por criar heróis, mitos e mentiras. E muitos deles até inventam alguns momentos de felicidade: "As pequenas e grandes, famosas e desconhecidas (guerras) foram escritas por homens sobre homens."

Percebam, embusteiros colegas, como essa acusação de Svetlana se encaixa muito bem à narrativa de Kertész. Ao se recordar dos campos de concentração, o sobrevivente escreveu em *Sem destino*: "Pois lá, entre durezas, havia, na pausa das torturas, alguma coisa que se assemelhava à felicidade. Todos perguntam apenas das condições, dos 'horrores', ao passo que, para mim, a experiência memorável é esta. Sim, da próxima vez, se me perguntarem, eu deverei falar disso, falar da felicidade nos campos de concentração... Se me perguntarem. E se eu não me esquecer." É essa a diferença da invenção da fala do refugo-sobrevivente e da invenção da fala do refugo-mulher: não há, nem por um instante sequer, um momento de falsidade.

Assim, do fundo do precipício, Svetlana concede uma oportunidade para o relato das mulheres. "A guerra 'feminina' tem suas próprias cores, cheiros, sua iluminação e seu espaço sentimental. Suas próprias palavras. Nela, não há heróis nem façanhas incríveis, há apenas pessoas ocupadas com uma tarefa desumanamente humana. E ali não sofrem apenas as pessoas, mas também a terra, os pássaros, as árvores. Todos que vivem conosco na terra sofrem sem palavras, o que é ainda mais terrível." O abismo ainda é mais profundo do que se imagina. É a luta, a batalha instintiva e insana — viral — do ser humano pela própria extinção. Pelo extermínio de tudo que há e houve ao seu redor.

> (Eu te abraço, Svetlana. Deixe-me sugar seu vigor literário e feminino?)

Porém, mesmo diante do fim, ainda continuamos a falar. A narrar a partir do discurso censurado por anos. Sim, Svetlana, concordo que a sensibilidade da narrativa feminina seja outra. De ordem superior. Com uma compreensão mais sensata e humana. Ou, ao menos, ludibriada pelas suas belíssimas palavras: "Para nós, a dor é uma arte. Sou uma historiadora da alma."
Svetlana é a verdadeira narradora. A minha narradora. O meu alter ego. Temos um projeto bem-definido: "Eu gostaria de ler sobre o que as pessoas conversavam em casa. Como partiam para a guerra. Que palavras diziam no último dia e na última noite antes de se separar daqueles que amavam. Como se despediam os guerreiros. Como eram esperados na volta da guerra... Não os heróis e chefes militares, mas as pessoas comuns." E é isso que tentamos, ou inventamos, fazer.

Mas Svetlana também se engana, e nos engana, o tempo todo. Essa é a sua função como escritora, jornalista e ficcionista. Ela se deixa envolver pelos sentimentos e pela falsidade presente neles. "Construo templos a partir de nossos sentimentos... não me interessa o próprio acontecimento, mas o acontecimento dos sentimentos." Svetlana é uma ficcionista, como todos nós.

Sentimentos são invenções instintivas, senhores doutores. Neurotransmissores seletivos que nos ludibriam o tempo inteiro, fazendo-nos crer e sentir que somos especiais e únicos. E também, por isso, arrogantes e audaciosos a ponto de desejarmos "narrar" e "tecer" outras Odisseias e Penélopes. E a mulher, nesse campo, é mais suscetível a se perder em afeições. "A mulher carrega a vida por muito tempo dentro de si, cria. Para elas é muito mais difícil matar."

E é aí que a escritora se perde. Ela, mulher, guerreira, narradora e profanadora de memórias, se deixa levar pela crença no humano. No feminino. "O ser humano é maior do que a guerra..."

Não! Não é não, minha honrosa colega. Não é mesmo. Ele é a própria guerra. A própria essência da hostilidade. Da vingança. Do extermínio.

As guerras não podem ser contadas. Poetizadas. Narradas. Há uma limitação da linguagem, uma impossibilidade de representação, um impedimento de compreensão. Senhores, para que pudéssemos contar um infinitésimo somente dessas malditas histórias, deveria haver no mínimo uma forma de sentir o cheiro pútrido dos dejetos, da bosta, da nossa própria bosta misturada aos corpos dilacerados. Teríamos que conceber um mecanismo que nos permitisse ouvir o som enlouquecedor das armas, dos gritos, das dores, das lástimas, das fornalhas, da catarse coletiva. Do desespero das mulheres amamentando seus bebês já há muito sem vida. Teríamos que inventar uma maneira de o leitor experimentar a náusea e o gosto amargo da água regada pelas cinzas dos exterminados, da sopa contaminada pelas lágrimas inúteis e desenganadas dos mortos-vivos e dos sádicos, do pão com sabor amargo de persistência, de adiamento do calvário e de esperança inútil.

Colegas, para se falar das guerras, teríamos que criar um artefato que saísse dos nossos livros. Que fizesse sentir dor, muita dor, uma dor próxima do sufocamento e do inferno. Que mostrasse a ausência de sensibilidade, a perda da possibilidade de dar e receber carinho, a privação total de um abraço como conforto.

E isso não conseguimos fazer.

Por que, meus malditos colegas, por que ainda insistimos em narrar guerras e genocídios? Em escrever satiricamente "literatura"? Em compor poesia, sorrisos e lágrimas? Em premiar escritores espúrios?

Tudo isso é inútil, senhores. Kertész, Svetlana, eu, todos nós: o que fazemos não passa de caricatura e falsificação.

Falsário. Falsário. Já chega. Seu tempo acabou.
A moral é a debilidade do cérebro.
Respirar é uma doença.
Mau conselheiro. Que sejas envolvido por chamas infinitas.

Misóginos senhores,

Nada justifica o apagamento das preciosas narrativas femininas. Aqui também elas quase foram deixadas de lado. Dos cento e quatorze laureados até hoje, apenas quatorze são mulheres. É em nome delas que recebo este prêmio.

Só o discurso feminino é capaz de reescrever e dar outra ênfase à história "oficial". Isso é fabuloso. No campo literário, por exemplo, outras Eneidas, Odisseias, Bíblias, outros Corões, Hamlets, Dom Quixotes, Irmãos Karamázov seriam escritos e estariam no olimpo das letras. E, em virtude da existência dessas "novas" obras, muito mais aprimoradas e profundas que as "autorizadas", outras seriam esquecidas e desmoralizadas. Os livros que só prosperaram por questões políticas nem sequer seriam mencionados hoje.

Também é verdade que inúmeras histórias e narrativas foram escritas em louvor das mulheres. Eva, Lilith, Penélope, Beatriz, Dulcineia, Helena, Josefina, Julieta, Sherazade, Desdêmona, Anna Karenina, Madame Bovary, Francesca, Capitu, Diadorim... Como imaginar a literatura sem essas figuras? O mundo sem esses alicerces? A história sem essas criações masculinas? Apesar de todas essas obras e personagens terem sido influenciadas ou até mesmo concebidas a partir de uma mulher, ainda assim é muito desolador constatar que o que consideramos *cânone* nada mais é do que uma produção enviesada e ilegítima do olhar falocêntrico.

Permitam-me a fala, senhores. Permitam-me falar em nome das mulheres. Permitam-me o lugar da fala, pois, sem ele, toda a ficção se esvai. ("A ficção não é o contrário da verdade. É um complemento, um acabamento, um acesso manco ao real e à memória". Pronunciei essa frase um dia, numa Igreja lotada, com meus testículos à mostra. Não é assim que nós, primatas, conquistamos nossas fêmeas?)

Os frágeis e ingratos escritores ainda continuam perpetuando tais injustiças. Vejam o lânguido e débil José Saramago. Os que o conhecem sabem que suas obras sempre louvam e engrandecem o encontro com seu grande amor. Com a sua musa. Com a mulher que o guiou. O seu pilar. A sua Pilar del Río. "As dedicatórias saem-me com toda a naturalidade. Como são. Não me pergunto o que significam. A não ser significarem obviamente o que têm de significar que é o querer a essa pessoa. E, portanto, manifestá-lo dessa forma. Tenho muitas razões para pensar, por exemplo, que o grande acontecimento da minha vida foi exatamente esse. Foi ter conhecido a Pilar. (...) Imagina que eu não a tivesse conhecido. Você poderia dizer: 'Ah, mas você teria conhecido outras mulheres', mas não é disso que se trata, não é uma questão quantitativa. Era simplesmente o fato de ter conhecido a ela. Nada mais. E isso mudou a minha vida."

Senhores, percebam a devoção das dedicatórias do laureado em *Todos os nomes*, "a Pilar"; *O homem duplicado*, "a Pilar, até ao último instante"; *Ensaio sobre a lucidez*, "a Pilar, os dias todos"; *A caverna*, "a Pilar"; *As intermitências da morte*, "a Pilar, minha casa"; *As pequenas memórias*, "a Pilar, que ainda não havia nascido, e tanto tardou a chegar"; *A viagem do elefante*, "a Pilar, que não deixou que eu morresse"; *Ensaio sobre a cegueira*, "a Pilar (e a filha Violante)"; *Caim*, "a Pilar, como se dissesse água"; e, por fim, em *O evangelho segundo Jesus Cristo*, "a Pilar".

Bravo! Belíssimo! Magistral, dizem seus defensores. Mesmo diante da maldita narrativa masculina, ao menos uma singela homenagem o português não se esqueceu de fazer. Certo?

Errado, miseráveis senhores. Saramago faz parte da corte dos inglórios. Dos bastardos. Dos revisionistas históricos. A fábula que ele não conta, que esconde, que apaga e desdenha teve uma outra protagonista. A escritora que o trouxe a este recinto. Que o abraçou quando ninguém acreditava nele. Que reescreveu, editou e remendou seus livros. Um encontro que o fez despontar como o único escritor em língua portuguesa, antes de mim, a receber esta congratulação. Isabel da Nóbrega, "escritora e menina de boas famílias", foi a mulher, a importante, insubstituível e apócrifa mulher à qual Saramago dedicou os seus primeiros romances. Mas que fez questão de excluir após conhecer a herética Pilar.

Eu te saúdo, Isabel. Também tive a minha, mas fiz questão de apagá-la.

Isabel foi uma habilidosa romancista e cronista. Além disso, uma excelente leitora e editora. Viveu com Saramago de 1968 a 1986. Nunca se casaram, por vontade exclusiva dela. Já imaginava sua obra rasgada, rasurada, queimada e jogada para baixo do tapete. Sua vida e sua contribuição adulteradas pelo revisionista. Assim como eu fiz.

É certo e justo, diante de uma rejeição, abafar todos os sentimentos e lembranças. Até dissimular as memórias e o passado.

Mas Saramago extrapolou: todas as dedicatórias a Isabel foram removidas e atribuídas a Pilar. Genial! Nem Huxley, Asimov ou Orwell teriam refundado o passado dessa maneira.

A história é feita de injustiças e de adulterações, sobretudo as narrativas, que nunca são formuladas pela mulher. Porém foi Isabel, da alta sociedade portuguesa, quem abriu as portas para o reconhecimento público de Saramago pela elite intelectual do país — esses, que um dia o indicaram a esta casa. Foi Isabel, e não Pilar, quem batalhou para que os primeiros textos do amante fossem lidos, distribuídos, resenhados e comentados. Foi Isabel, e não Pilar, que não desanimou diante das recusas, dos silêncios e do desprezo dos primeiros editores e editoras. Era Isabel, e não Pilar, quem merecia o Nobel.

As primeiras edições extintas, como em um conto borgiano, têm a dedicatória a Isabel. Têm o amor, o carinho, a devoção, o agradecimento e a entrega total a ela. Têm a mão da amada como editora. Têm o "jogo de olhos" da leitora e da companheira. Contêm as vírgulas, os espaços, os respiros e até as omissões da mulher-cúmplice. As primeiras edições dos livros de Saramago são, portanto, outros livros. Com outros enredos, outras histórias, outros protagonistas. São livros apócrifos e muito distintos dos que agora circulam.

A ex-personagem-protagonista da vida do autor nunca aceitou ser suprimida da história. Ela lutou, esbravejou e batalhou pela sua posição. Pela sua memória. Pela sua narrativa. E isso engrandeceu ainda mais a maldita fortuna crítica e ficcional de Saramago. Adultero uma recente entrevista da proscrita ex: "Quer Saramago queira quer não, fui eu quem escolheu o nome 'Blimunda' no *Memorial do convento*. Fui eu quem o levei ao convento de Mafra e lhe mostrou os sítios fundamentais para a sua ficção. Fui eu quem o indicou a escrever as crônicas do jornal A *capital*. Fui eu que vesti suas roupas e escrevi seus livros." Sim, colegas, foi ela que, quer queira quer não, impregnou a vida, a obra e a invenção de Saramago.

> (Você faria amor comigo, Isabel? Transaria comigo enquanto Pilar nos observasse?)

A outra narradora — a jornalista espanhola Pilar del Río — e o *outro* Saramago se conheceram quando ela esteve em Lisboa. Amor instantâneo e poderoso, decidiram retificar o passado ao se casarem em Sevilha, às 16h. A partir desse instante, todo o evangelho de Saramago passou a se mover em outro compasso e a ser definido por outras regras. Na casa dos amantes, em Lanzarote, todos os relógios marcam apenas um horário: quatro da tarde. Não existe outra vereda do passado senão a reescrita do pretérito a partir do ocorrido em Sevilha. Não existe outra obra que não a recriada em função desse encontro. Não existem outros livros, outros textos e nem outras possibilidades senão aqueles dedicados à Pilar. À injuriosa Pilar del Río.

Já na casa de Isabel, os relógios nunca tocam às 16h. Nunca.

> (E no meu quarto não há, nem nunca haverá, livro algum do Saramago. Queimei todos.)

Viva Pilar! Viva!
Engolimos de uma vez a mentira que nos adula e bebemos gota a gota a verdade que nos amarga.
Simoníaco. Que sejas enterrado de cabeça para baixo e permaneças com as pernas queimadas por chamas.

Tratantes senhores,

Ainda tentando reivindicar um lugar para a narrativa feminina, homenageio mais um laureado, Gao Xingjian. Segundo a Academia, ele recebeu o prêmio por ter "uma obra de valor universal, de uma lucidez amarga e uma ingenuidade linguística que abriram novos caminhos para o romance e o teatro chineses".

Mas, alienados colegas, quem merece essa distinção é sua mulher. A primeira leitora de seus livros e enredos. A infame e cruel usurpadora. A que lhe permitiu conviver com a dor, a pulsão e o sentimento de estrangeiridade, que perpassou toda a sua obra. Para a esposa, no começo, Xingjian escrevia apenas sobre as "utopias coletivas que produziriam a loucura social", o que nunca teria permitido a erupção do grande escritor. E em nome da alta literatura, e também da paranoica fé política em que ela vivia, a mulher entregou-o como subversivo às autoridades locais.

Genial!

(Eu também desejei ter sido perseguido pela ditadura militar. Minha vida sempre foi tão enfadonha. Por isso imaginei viver uma vida de paixão pela luta. Pela luta armada. Por um ideal. Vivenciar a tortura, a privação e a inanição para alcançar a verdadeira narrativa. Mas, depois da minha primeira internação, percebi como sou fraco e débil. Aceitei meu indulto: escrever as coisas que nunca vivi e que nunca viverei. Eu tive que recalcar minha esquizofrenia. Esconder a minha loucura. Não tive êxito.)

Ela, a esposa, sabendo da qualidade duvidosa dos escritos do marido — textos raivosos, sem caráter literário e ainda juvenis —, decidiu denunciá-lo ao governo comunista durante a Revolução Cultural Chinesa, obrigando-o a queimar seus primeiros textos em praça pública. Humilhado, dilacerado, despido das suas primeiras palavras, Xingjian foi enviado a um campo de "reeducação" em virtude de sua perigosa "mentalidade capitalista". E, lá, o escritor medíocre e engajado deixou para sempre de existir. Enclausurado no campo, pôde refletir melhor sobre sua criação literária. Sobre a universalidade de sua obra. Sobre a ontologia do ser, do ímpeto, das metáforas e da linguagem. Saindo do estorvo, ressurgiu forte e robusto. E o ódio pela mulher o transformou em um verdadeiro criador.

Foi devido à impostura da esposa de Xingjian que os senhores condecoraram o primeiro autor "chinês". Honras à Lilith chinesa por adentrarmos na literatura e no teatro daquele peculiar país. Graças aos espíritos ruins da nossa *Huli Jing*, celebramos e conhecemos um pouco mais da ditadura comunista-capitalista chinesa.

Porém, anos depois, o delatado escritor pediu asilo político à França. Farto do surreal Império, Xingjian tornou-se cidadão francês, deixando de encarar as suas raízes. Por isso, na China, o Nobel de Xingjian não é considerado. A Academia de Letras Chinesas, o *Diário popular* e o Ministério de Relações Exteriores rejeitaram a escolha do "chinês" como representante de seu país. Até mesmo o primeiro-ministro Zhu Rongji emitiu um "feliz" comentário na ocasião do prêmio: "É uma pena que Gao Xingjian não seja chinês."

E ainda há algo muito interessante nesse complô chinês. É por isso que eu gosto do vulgar, do baixo e do vil. Do fator humano e mesquinho da literatura, que se transmuta em histórias apócrifas e fantásticas, as quais os escritores-alquimistas transfiguram em narrativas e odisseias. Quem traduziu e divulgou as obras do francês-chinês — e ganhou uma bela porcentagem das vendas aqui na Suécia — foi o membro permanente da comissão votante ao Nobel, Göran Malmqvist.

Não satisfeito com o golpe que premiou Xingjian com o Nobel, Göran repetiu a façanha em 2012, com Mo Yan. Além de amigo íntimo e de haver sido tradutor de Yan, nosso traficante de influência teve alguns de seus livros prefaciados pelo nobélico. E claro, peraltas senhores, ele ganhou sua merecida recompensa, com a venda dos milhões de livros pós-Prêmio Nobel de Xingjian e Mo Yan!

Por favor, vamos nos levantar e saudar o excelentíssimo tradutor-traidor. Göran, sou seu fã e seu parceiro!

Respire fundo e escute o velho e orgulhoso som do coração.
Eu sou, eu sou, eu sou.
A vida é uma história contada por um idiota, cheia de som e de fúria, sem sentido algum.
Adivinho maldito. Que vossa cabeça fique voltada para as costas.

Inertes senhores,

Gao Xingjian fez de seu teatro literário e "real" um grande projeto do absurdo. Inspirado pelas obras de Samuel Beckett que traduziu, louvou e difundiu, o franco-chinês também releu e recriou seu trabalho a partir das limitações linguísticas e das utopias quiméricas introduzidas pelo dramaturgo. Beckett, agraciado aqui em 1969, "por sua escrita, que — em novas formas para o romance e drama —, na destituição do homem moderno, adquire a sua elevação", foi o precursor e o inédito inventor do teatro do absurdo. Encarando o mundo ilusoriamente racional como uma ficção completa e absoluta, o irlandês criou seus sucessores. Assim, Xingjian se alimentou do despautério de Beckett. E Beckett, por sua vez, alimentara-se do desatino e do disparatado mundo kafkiano... universo este de onde nunca conseguimos sair, bichanos senhores.

Estar imerso em uma experiência insensata e paradoxal, e mesmo esperar por algo ou alguma coisa, sem ao menos saber se essa "coisa" de fato existe, se tem razão, sentido, objetivo, fundamento, importância, é parte do mote angustiante e dramático inaugurado por Beckett. Para o laureado, o fato de habitarmos um mundo sem sentido faz com que passemos nossa pífia existência tentando nos convencer do contrário. Ao criarmos sistemas complexos e confabuladores de pensamento, estamos buscando desvelar alguma lógica encobridora do "nada absoluto" em que estamos inseridos. Gastamos a vida inteira num esforço titânico para desnudar o que é inexistente e impossível.

Amém, senhores, amém. Eu louvo sua vã e apática filosofia.

Imre Kertész, Primo Levi, Svetlana Alexievich e Paul Celan escreveram sobre experiências inenarráveis e inomináveis e perceberam os paradoxos do movimento-inerte, da narração insuficiente e ilimitada, do testemunho incompleto e ficcionalizado, do dizer indizível. Nosso amigo Beckett nos presenteou com essas possibilidades e contradições. Seu narrador, por vezes, aparece em algum conflito físico ou metafísico — um narrador que deseja narrar, mas é impedido, e por isso busca fugir de um labirinto sem saída. Ele não compreende nem a espera nem a coisa e tampouco a entidade aguardada. Não tem a mínima ideia da razão de estar ali, mas aguarda angustiado pelo seu Godot. E também pela vida e pela morte. "Nomear, não, nada é nominável, dizer, não, nada é dizível, o que então, não sei, não devia ter começado."

(Beckett é enfadonho. É desagradável, monótono e tedioso. Só os loucos ousam falar a verdade.)

Nauseados colegas, se busco hoje, e em toda minha literatura, as narrativas do calabouço e do lado esquecido e desintegrado da obra e do autor, de alguma forma não passo de um ventríloquo. Sim, eu sou esse boneco, essa figura estranha, fascinante, terrível e aterrorizante que paira em nossas fantasias.

Sou essa figura literária que permite aos outros falarem por intermédio de e sobre mim. Sou aquele que engana. Que trapaceia. Que fica com todos os créditos, mas que é descoberto e desmascarado. Sou eu que senta no colo dos meus mestres, do meu cânone. E que confunde e inebria.

Saibam que os escritores que me antecederam foram as vozes desse ventríloquo, mas também foram e são o próprio boneco do ventríloquo, que hoje faço questão de segurar e de despedaçar com minhas letras.

Beckett, meu querido, venha se sentar em meu colo: "Mas aqui não há franqueza, diga eu o que disser será falso, aqui sou apenas um mero boneco de ventríloquo, não sinto nada, não digo nada, ele me segura no colo e faz meus lábios se mexerem com um fio, com um anzol, não, não é preciso ter lábios, está tudo escuro, não há ninguém, onde será que estou com a cabeça, devo tê-la deixado na Irlanda, num bar, deve estar lá ainda, com a cabeça no balcão, era o que ela merecia. Mas o outro que é eu, cego, surdo e mudo, por causa de quem estou aqui, por causa deste silêncio negro, por causa de quem não posso mais me mexer nem acreditar ser esta voz, é dele que tenho de me fantasiar até morrer, por ele, daqui até lá tentar não mais viver nesta pseudossepultura pretensamente sua."

Trapaceiros senhores, somos ventríloquos de uma voz que não existe e que insiste em falar sobre o que não se pode nem de longe dizer. Somos parte de uma voz que narra faltosamente o indizível. Que representa e experimenta uma falsa e ardilosa experiência. Mutismo, limitação, imobilidade. Somos uma babel de silêncios e palavras. Não há nada de novo e nem de inédito em nossas escritas. Em nossas falas, falsidades e elucubrações. Beckett nos presenteou com a afronta da existência vazia. Seguiremos, inúteis, preenchendo lacunas, silêncios e orifícios. Para nada, amigos. Textos e palavras *para nada*.

Existencialista dos infernos!
Tenha cuidado com a tristeza. É um vício.
Joguem. Joguem as pedras nesse filho da mãe.

Vaidosos senhores,
Não é por escrevermos belos livros — com inúmeras ressalvas — que nos tornamos múmias laureadas. Definitivamente não. Há muito mais. Todos nós sabemos que a política, a rede de influência, o acaso, as maldições e a labuta social fazem parte dessa maquiavélica receita condecoratória. Disputas acaloradas por sucesso, em conjunto com egos inflamados e vaidade exacerbada, são nossas verdadeiras pulsões. E, para ser grande, talvez seja necessário depreciar, caluniar e desvirtuar o concorrente.

Nosso Elias Canetti, que, apesar búlgaro, recebeu o Nobel como escritor inglês, odiava o canônico e aclamado T. S. Eliot. Para ele, não havia nenhuma razão para que esse ordinário e medíocre poeta fosse lido: "Fui vítima da fama de alguém desprezível como Eliot. Será que eles nunca se envergonharão por isso? (...) Eliot era um libertino do vazio, um sopé de Hegel, um profanador de Dante... Tinha os lábios finos, o coração frio, velho e acabado, bem antes de seu tempo." Durante os anos que antecederam sua condecoração, Canetti dedicou-se a construir sua obra hostilizando o quase inquestionável Eliot. Foi uma batalha épica, um estratagema para que não fosse ignorado e sufocado pelo já beatificado escritor. Porém, depois do recebimento do seu Nobel, essa pulsão surpreendentemente deixou de ter lugar em sua vida.

(Eu odeio o Saramago.)

Outro escritor que se dedicou ao enfrentamento do seu, digamos, "duplo" foi Isaac Bashevis Singer. Premiado "por sua arte narrativa apaixonada que, com raízes em uma tradição cultural polono-judaica, mostra as condições universais para a vida", lutou durante anos contra o agraciado em 1966, Shmuel Agnon, o então detentor da narrativa da "arte do povo judeu". Já este último teve que enfrentar nada menos que o grande Kafka.

Para se tornar um imortal aqui nesta Academia, Agnon viu-se obrigado a defrontar Kafka, que já despertava entusiasmo e euforia em seus primeiros leitores. Na busca de seu lugar ao sol, partiu para o ataque: "Aqueles que sugerem Kafka como influência nos meus trabalhos cometem um terrível erro. Eu não conhecia nada de Kafka, exceto A *metamorfose*, livro que li quando estava doente dez anos atrás. Minha esposa sempre me oferecia um conto dele para ler, mas, para dizer a verdade, nunca conseguia terminar a leitura. Ela insistia, lendo uma ou duas páginas de seu trabalho. Mas, confesso, eu não ouvia. Kafka não está nas raízes da minha alma, e nada que não esteja nas entranhas da minha alma, sou capaz de absorver. Sei que Kafka é um grande poeta, mas minha alma é alienígena para ele. O mesmo vale para Proust, Joyce, Hoffmann."

Que escritor de colhões largos, senhores! Além de Kafka, Agnon ainda teve a audácia de confrontar Proust, Joyce e Hoffmann. Será que ele se julgava mais importante que os outros? Melhor ficcionista e memorialista que esses quiméricos escritores? Ou apenas tinha que criar um personagem de si para impor a sua literatura em que tanto acreditava? E ele ainda continuou com seu enfrentamento: "Quem foram meus mentores em poesia e literatura? Isso depende da opinião. Uns veem em meus livros influências de autores cujos nomes, em minha ignorância, nunca ouvi, enquanto outros enxergam influências de poetas cujos nomes ouvi, mas cuja obra nunca li. E qual é a minha opinião? De quem eu realmente bebi? Nem todo homem se lembra do nome da vaca que lhe deu leite."

Senhores, é certa e justa a busca do escritor pelo seu lugar no Olimpo. É necessário *dar batalha*, iludir, trapacear.

(Sempre li esses autores com sabor antropofágico. E cheguei às vias de fato. Quase morri ao engolir seus livros. Num ataque de fúria, enfiei as páginas de Canetti, Eliot, Singer, Agnon e Kafka por todos meus orifícios. Por isso estou hoje aqui.)

Sua literatura fede! Seu gozo é falso.
Engolimos de uma vez a mentira que nos adula e bebemos gota a gota a verdade que nos amarga.
A mentira é o único privilégio do homem sobre todos os outros animais.
Escritor ladrão. Que sejas picado por serpentes.

Senhores pugilistas,

A disputa mais maravilhosa foi entre os laureados Gabriel García Márquez, agraciado em 1982 "por seus romances e contos, em que o fantástico e o real são combinados em um mundo composto de imaginação, refletindo a vida e os conflitos de um continente", e Mario Vargas Llosa, condecorado em 2010. Meus olhos se enchem de lágrimas, meu sorriso e meu gozo quase não se controlam, quando me lembro do golpe perfeito desferido por Vargas Llosa, o Rocky Balboa peruano. O Mike Tyson do Peru.

Llosa, no furor de seus quarenta anos, socou com ira o olho cobiçoso de seu antigo amigo. Especula-se que tenha havido ou uma desavença política, ou uma discórdia literária, ou mesmo uma suspeita de fraude e plágio. Mas todos esses cenários foram confeccionados pela mente de pobres e limitados ficcionistas. Sem imaginação realística alguma.

O belíssimo soco, asseguro, deveu-se à desobediência de García Márquez a um mandamento bíblico. Apesar de comunistas contraditórios e crentes, os quase irmãos tiveram que resolver a suposta traição de García Márquez como faziam os antigos. Nada de usar palavras e entrelinhas, de falar pelas costas e fazer intrigas — algo cotidiano no mundo acadêmico. Não. Entre os dois, o que aconteceu foi um espancamento muito mais nobre e legítimo, sincero e verdadeiro, do que os da ficção.

Um direto de direita no olho esquerdo do colombiano por conta de uma mulher! Por conta do rebolado, do gingado, dos cânticos de prazer da narrativa feminina. Cortázar e Hemingway, ambos amantes desse esporte-arte-dança, também ficaram emocionados diante da inenarrável cena.

Senhores, eu vos peço uma salva de palmas em homenagem aos nossos lutadores-literatos.

O magistral evento ocorreu dentro de um cinema mexicano, em 1976, iniciando uma das mais belas cenas das letras contemporâneas. Desde então, os dois ex-amigos nunca mais se falaram e nem comentaram sobre o caso, mas fizeram do mundo literário um lugar muito mais obsceno e interessante. Apesar da posição política de García Márquez como esquerdista e do amor juvenil de Vargas Llosa por Fidel Castro — mesmo vindo a disputar, anos depois, a presidência do Peru pela ala conservadora —, não podemos acreditar que o direto de direita tenha sido causado pela mera desavença de afetos em relação ao então decrépito Fidel e à Revolução.

Vargas Llosa sempre viveu com um olho na escrita e outro nas mulheres (meu comparsa, e de tantos outros). Com apenas dezenove anos, já havia se casado com sua cunhadinha Julia, "tia Julia", treze anos mais velha. Não foram muito felizes, mas a experiência lhe rendeu uma bela e profícua história, narrada em seu *Tia Julia e o escrevinhador*. Logo após o divórcio, sedento por literatura e sexo, o escritor se casou com sua prima Patricia, com quem teve três filhos (como não me lembrar da tatuagem da Patricia... de seu ássana abrindo toda sua suculenta carne para mim). O peruano, no entanto, não deixava de flertar nem mesmo em enterros e hospitais. E, numa de suas muitas viagens, acabou se apaixonando por uma bela comissária de bordo sueca. Mudou-se para Estocolmo.

E aí entra García Márquez na história. Patricia, a ex-mulher deprimida e substituída por uma jovenzinha modelo sueca (não o culpo, aplaudo), buscou consolo nos gestos e nas palavras do escritor colombiano. García Márquez era casado com Mercedes, mas, diante de Patricia, da possibilidade de ter e dar carinho, e também de uma nova oportunidade de enfrentamento literário, apagou todas as lembranças do "escrevinhador" peruano do corpo de Patricia, reescrevendo a nova Macondo no ventre da ex-mulher do amigo.

(Fui eu quem criei Macondo. Jacques, está na hora de você reivindicar o que é seu. Macondo, minha terra natal.)

Mas Vargas Llosa acabou enjoando da boneca sueca e decidiu voltar para os braços de Patricia. Foi então que soube, com ódio e cólera, que sua obra havia sido adulterada pelo suor do escritor colombiano. Algum tempo depois, na Cidade do México, onde alguns intelectuais latino-americanos estavam reunidos para a estreia do filme A *odisseia dos Andes*, os dois, por fim, se reencontraram. Cara a cara.

E foi uma cena de cinema, amigos. Encerrados os momentos de antropofagia do filme, as luzes se acenderam, e García Márquez viu, sentado bem próximo a ele, Vargas Llosa. Caminhou para cumprimentar sua arte descoberta no corpo de Patricia. Mas, ao se aproximar de sua pintura, foi recebido com um maravilhoso soco de Vargas Llosa. "Como você se atreve a chegar perto da gente depois do que fez com Patricia em Barcelona? Como você ousa?", disse Vargas Llosa ao pé do ouvido de García Márquez, mas somente um ficcionista espúrio ouviu. (Eu.)

Assim, com o rosto sangrando e com um sorriso no olhar, o mais belo golpe literário foi executado.

O murro de Llosa consistiu no evento determinante para a sua láurea, em 2010. Farto do realismo-mágico, do boom latino-americano e todas essas balelas que classificavam e minimizavam sua obra, Llosa teve que se impor como Singer, Agnon e Canetti. Sabia da mudança que *Cem anos de solidão* causara na literatura. E por isso tinha que fazer diferente. Inédito. Algo para se firmar e confrontar aquela obra.

Vargas Llosa se tornou popular. Começou a criticar a esquerda, a flertar com o poder, com a ditadura — e ainda foi cultuado por isso. Enfrentou com raiva seu arquirrival. O seu soco representava o gancho contemporâneo da literatura contra uma *certa* literatura que lhe havia sido imposta.

O murro de Vargas Llosa em García Márquez simboliza ainda algo maior. Mostra a luta feroz de um escritor contra o cânone. Contra a forma vigente de pensar, agir, encarar a realidade. Sim, Vargas Llosa foi um dos protagonistas do boom, com seu importante livro A *cidade e os cachorros*. Mas sempre viveu à sombra do protagonista maior. Se não tivesse tido a coragem de disparar o murro, o golpe, ele estaria ao lado de Borges ou de Roth: perdedores frequentes na disputa pelo Nobel.

Aquele soco foi a sua maneira de combater tal destino.

Especulo, senhores, que apenas em 2010, quando ele finalmente recebeu o famigerado telefonema da Academia, foi que seu pulso direito parou de doer. Ele tinha conseguido o seu nocaute triunfante.

Vargas Llosa realizou o que Cortázar e Borges não conseguiram. Apesar da genialidade, e também da rivalidade — Cortázar e Borges também tinham lá suas desavenças e disputas —, eles nunca realizaram de fato a apoteótica pancada. Faltou o soco, o murro, o nocaute. (E quem quiser brigar comigo, suba aqui. Suba neste palanque e lute comigo. Eu trouxe minhas luvas e meu ódio. Nocauteio qualquer um que ouse me enfrentar).

Sim, eles cortejaram o golpe. Cortázar era amante do boxe. De sua arte, de seu encanto, de suas histórias. Em um de seus mais belos contos, *Torito,* Cortázar compôs um monólogo do boxeador Justo Suárez já em seu declínio, preso a uma cama de hospital, decrépito e bastante doente. Nesse conto, o autor vestiu a pele de um outro. (Esse conto é meu. Este é meu artifício.) Vislumbrou um outro caminho. Cortázar se transformou em Torito e fez Torito ser Cortázar. Sombrio, ignominioso, tumular, o escritor argentino mostrou o submundo e a desgraça do boxe, do esquecimento, do fracasso.

(Chega, Jacques, chega de estudos literários. Todos aqui conhecem esse conto. Se não leram, podem muito bem entrar na internet e ler todos os espúrios estudos e críticas. Na verdade, hoje ninguém mais precisa se dedicar aos livros. Basta ler um resumo on-line e se achar o detentor do Nobel.)

Esse foi seu flerte com o murro que nunca se sentiu capaz de consumar. Idolatrou em segredo a audácia do peruano. Sonhou inúmeras vezes ter dado o soco perfeito em García Márquez, em Vargas Llosa, em Miguel Ángel Asturias, atestando sua superioridade e exigindo o seu direito. Mas ficou só nos pensamentos. E em ficção.

Embora titânico escritor, Borges nunca golpeou sequer uma abelha. Até tentou enfrentar García Márquez. Chegou a dizer que *Cem anos de solidão* era um livro tedioso, fatigante, cansativo. Que o colombiano poderia ter usado apenas "cinquenta anos", e "mesmo assim já teria sido bastante". As ficções rápidas, certeiras, incríveis e fabulosas de Borges repelem as delongas e as esperas de García Márquez. Seu requinte intertextual, seu vigor explosivo, seus engendramentos, travessuras, imposturas literárias divergem da labuta geracional de García Márquez. Mas o escritor colombiano, diferentemente do argentino, repousa na tranquilidade da láurea.

Borges também tentou se impor em outras batalhas. Indispôs-se com outro vencedor do Nobel, Pablo Neruda. Sua frieza e sua supremacia da razão intelectual literária infelizmente não foram páreas para a doçura melosa, o ritmo carente e os aborrecidos versos de amor de Neruda. "Eu o acho um grande poeta. Mas não o admiro como homem. A mim me parece uma pessoa mesquinha."

Pausa para uma fofoca: em 1971, na lista final do júri do Nobel, havia dois candidatos na disputa, Pablo Neruda e Jorge Luis Borges. A escolha de Neruda deu-se pela margem de um voto. E esse voto de Minerva foi político, sovina e criminoso. O voto do tradutor sueco de Neruda, homenageando nosso amigo Göran Malmqvist. A literatura, claro, ficou de lado, como é comum aqui nesta casa. Muito abalado, Borges, satírico, comemorou o veredito enviando um telegrama de felicitações a Neruda. À imprensa, falou elogiosamente sobre os versos açucarados, delicados e piegas do inimigo.

A verdade, senhores, é que faltou o soco. Faltou um belíssimo direto de direita de Borges!

É pecado pensar mal dos outros, mas raramente é engano.
It's the eye of the tiger, it's the thrill of the fight.

Racistas colegas,

(Não. Não me segurem. Deixem-me concluir. Deixem-me perpetrar meu soco, meu golpe final. É só mais um minuto. Um minuto a mais, e vocês me levam para a prisão.)

Se é mesmo do calabouço que emergem os grandes textos e os magníficos autores, faço questão de sublinhar meu racismo. Em uma entrevista apócrifa, eu, Borges, declarei: "Os negros são algo insuportável... Eu não nego o que disse muitas vezes: os americanos cometeram um grande erro ao educá-los; como escravos eram como meninos, muito mais felizes e menos irritantes." A ignorância é uma forma de felicidade. Viver imerso na inocência e na idiotice talvez desperte sentimentos de júbilo, de euforia, de satisfação. Borges pensava assim, sem também deixar de manifestar seu lado obscuro, torpe e racista.

Pergunto, senhores, "para ser grande, sê inteiro"? E inteiro em quê, Borges? Na literatura? Nas invenções? Nas criações do fantástico, do intertextual, do profético? Ou inteiramente racista? "Para ser grande, sê inteiro: nada / Teu exagera ou exclui. / Sê todo em cada coisa. Põe quanto és / No mínimo que fazes. / Assim em cada lago a lua toda / Brilha, porque alta vive." "Sê" todo, Borges! Brilhe, incendeie, enalteça, meu falsário calhorda.

Os senhores estão familiarizados com os belos e poderosos versos que citei. Também sou o dono desse falacioso poema sobre "ser grande, sê inteiro". Sou mais um escritor que se escondeu atrás da literatura.

Eu, Fernando Pessoa, quando tinha vinte e oito anos, escrevi: "A escravatura é lógica e legítima; um zulu ou um landim não representa coisa alguma de útil neste mundo." Anos mais tarde, aos trinta e dois anos, disse que "a escravidão é lei da vida, e não há outra lei, porque esta tem que cumprir-se, sem revolta possível. Uns nascem escravos, e a outros a escravidão é dada". E, quase aos quarenta anos, continuei blasfemando: "Ninguém ainda provou que a abolição da escravatura fosse um bem social. (...) Quem nos diz que a escravatura não seja uma lei natural da vida das sociedades sãs?" Cientes desses pensamentos, será que os senhores deveriam continuar citando e louvando meus versos? Minha filosofia poética? Minhas invenções heterônimas?

(Vocês premiaram apenas quatro escritores negros. Quatorze mulheres e quatro negros entre mais de cem laureados. O que isso quer dizer? Nada ou tudo? Gosto em especial do Wole Soyinka, que quando pisou neste chafurdeiro trouxe seus amigos para tocar ioruba durante a premiação. Foi uma baderna. Eu me lembro que até os testículos do Rei Carlos XVI Gustavo se animaram durante a sinfonia.)

E eu não paro por aí. Sobre as mulheres, também teci belos comentários: "Em relação ao homem, o espírito feminino é mutilado e inferior. O verdadeiro pecado original, ingênito nos homens, é nascer de uma mulher." Que comentário é esse? Relativismo cultural? Paradoxo? Loucura? Genialidade repousada nas latrinas do ser humano? Como alguém que entende os obtusos e recônditos sentimentos humanos pode escarnecer negros e mulheres?

Pois eu vos digo que é por isso, por navegar por águas tão sombrias, fétidas e sórdidas que alguém é capaz de ousar e escrever. É por conhecer, por saber do que um homem é capaz de causar ao seu semelhante — amor infinito e crueldade inimaginável — que um escritor, que o verdadeiro escritor, é capaz de engendrar a sua literatura.

Na vertente racista subterrânea de "ser grande, sê inteiro", escrevi um belo poema sobre a capacidade superior, gloriosa e auspiciosa do homem. Eu, Rudyard Kipling, agraciado "em consideração ao poder da observação, à originalidade da imaginação, à virilidade das ideias e ao notável talento para a narração, que caracterizam as criações deste autor mundialmente famoso", tornei-me um ilógico eugenista e imperialista, que exalta a moral e a nobreza humanas.

Permitam-me a leitura seguida de uma subversiva análise: "Se és capaz de manter a tua calma quando / Todo mundo ao redor já a perdeu e te culpa; / De crer em ti quando estão todos duvidando, / E para esses no entanto achar uma desculpa; / Se és capaz de esperar sem te desesperares, / Ou, enganado, não mentir ao mentiroso, / Ou, sendo odiado, sempre ao ódio te esquivares, / E não parecer bom demais, nem pretensioso; / Se és capaz de pensar — sem que a isso só te atires, / De sonhar — sem fazer dos sonhos teus senhores. / Se encontrando a desgraça e o triunfo conseguires / Tratar da mesma forma a esses dois impostores; / Se és capaz de sofrer a dor de ver mudadas / Em armadilhas as verdades que disseste, / E as coisas, por que deste a vida, estraçalhadas, / E refazê-las com o bem pouco que te reste. / (...) / E se és capaz de dar, segundo por segundo, / Ao minuto fatal todo o valor e brilho, / Tua é a terra com tudo o que existe no mundo / E o que mais — tu serás um homem, ó meu filho!"

Que belos versos! Aclamados, imortalizados e cantados há mais de um século. E como as contradições são maravilhosas. Eu, Kipling, ser humano repleto de imposturas, de insultos e degradações, aclamador da eugenia, sou o mesmo que, em contrapartida, formulou esses utópicos, maravilhosos e sublimes versos. Eu, Kipling, narrador-escritor que exaltava as qualidades do homem, queria selecionar os melhores, almejando que os dejetos e os refugos humanos fossem exterminados.

(Parabéns, Jacques. Parabéns. Belo, belíssimo discurso! Memorável.)

Depois dessa orgia de acusações e injustiças, eu vos acuso, de joelhos e em prantos: somos miseráveis escritores e devemos ser rechaçados por nossas posturas e por nossas palavras. Não podemos nos desculpar. Não podemos nos proteger levando em consideração a estrutura social, o contexto histórico, o relativismo cultural, o ambiente político e a cultura em que estamos imersos. É função do verdadeiro escritor se livrar das amarras e das injustiças de seu tempo. Por isso somos apenas apóstatas, infiéis, fracos e malditos. Por isso não sou escritor.

Chega. Seu tempo acabou. Não há balas em seu revólver.
Não adianta mais atirar.
Controlem a multidão!
Agora é minha vez!
Morte! O escritor está morto.
Essas suas palavras são minhas. Esse seu discurso é meu.
Eu não sou seu personagem. Nem sou sua criação.
Eu tenho que falar da minha derrota na Batalha de Waterloo.
Arrependam-se, irmãos. Eu ressuscitei em vosso nome. E vivo entre vós.
Eu subi aos céus. Em uma escada em chamas. E eu vos convoco para a Guerra Santa.
Eu sou o Escolhido. Curvem-se todos, ou eu vos enviarei outras pragas.
Let's make America great again!

Eminentes membros da Academia,

O inseto acordou metamorfoseado de escritor. Louco, doente, irracional. Levem-me, levem-me rápido para o meu quarto. Quero minhas drogas. Quero me livrar da mentira. Desejo repousar eternamente nas asas da ficção.

Ele se tornou seus fantasiosos personagens. E, junto com eles, enlouqueceu.

Este livro foi composto na tipografia Electra
LT Std, em corpo 11,5/17, e impresso em
papel off-white no Sistema Cameron da
Divisão Gráfica da Distribuidora Record.